LA NUIT
DU CARREFOUR

OUVRAGES DE GEORGES SIMENON

AUX PRESSES DE LA CITÉ

COLLECTION MAIGRET

ROMANS

GEORGES SIMENON

LE COMMISSAIRE MAIGRET

LA NUIT
DU CARREFOUR

PRESSES POCKET
8, RUE GARANCIÈRE, PARIS

1

LE MONOCLE NOIR

QUAND Maigret, avec un soupir de lassitude, écarta sa chaise du bureau auquel il était accoudé, il y avait exactement dix-sept heures que durait l'interrogatoire de Carl Andersen.

On avait vu tour à tour, par les fenêtres sans rideaux, la foule des midinettes et des employés prendre d'assaut, à l'heure de midi, les crémeries de la place Saint-Michel, puis l'animation faiblir, la ruée de six heures vers les métros et les gares, la flânerie de l'apéritif.

La Seine s'était enveloppée de buée. Un dernier remorqueur était passé, avec feux verts et rouges, traînant trois péniches. Dernier autobus. Dernier métro. Le cinéma dont on fermait les grilles après avoir rentré les panneaux réclames...

Et le poêle qui semblait ronfler plus fort dans le bureau de Maigret. Sur la table, il y avait des demis vides, des restes de sandwiches.

Un incendie dut éclater quelque part, car on entendit passer les bruyantes voitures des pompiers. Il y eut aussi une rafle. Le panier à salade sortit vers deux heures de la Préfecture, revint plus tard par la cour du Dépôt où il déversa son butin.

L'interrogatoire durait toujours. D'heure en heure, ou de deux heures en deux heures, selon sa fatigue, Maigret poussait un bouton. Le brigadier Lucas, qui sommeillait dans un bureau voisin, arrivait, jetait un coup d'œil sur les notes du commissaire, prenait la suite.

Et Maigret allait s'étendre sur un lit de camp pour revenir à la charge avec de nouvelles provisions d'énergie.

La Préfecture était déserte. Quelques allées et venues à la brigade des mœurs. Un marchand de drogues qu'un inspecteur amena vers quatre heures du matin et qu'il cuisina sur-le-champ.

La Seine s'auréola d'un brouillard laiteux qui blanchit et ce fut le jour, éclairant les quais vides. Des pas résonnèrent dans les couloirs. Des sonneries de téléphone. Des appels. Des claquements de portes. Les balais des femmes de ménage.

Et Maigret, posant sa pipe trop chaude sur la table, se leva, regarda le prisonnier des pieds à la tête, avec une mauvaise humeur non exempte d'admiration.

Dix-sept heures d'interrogatoire serré! Auparavant, on avait retiré à l'homme les lacets de ses chaussures, son faux col, sa cravate et l'on avait vidé ses poches.

Pendant les quatre premières heures, on l'avait laissé debout au milieu du bureau, et les questions tombaient aussi dru que des balles de mitrailleuse.

« Tu as soif?... »

Maigret en était à son quatrième demi et le prisonnier avait esquissé un pâle sourire. Il avait bu avidement.

« Tu as faim?... »

On l'avait prié de s'asseoir, puis de se lever. Il était resté sept heures sans manger et on l'avait harcelé ensuite, tandis qu'il dévorait un sandwich.

Ils étaient deux à se relayer pour le questionner. Entre les séances, ils pouvaient sommeiller, s'étirer, échapper à la hantise de cet interrogatoire monotone.

Et c'étaient eux qui abandonnaient! Maigret haussait les épaules, cherchait une pipe froide dans un tiroir, essuyait son front moite.

Peut-être ce qui l'impressionnait le plus n'était-ce pas la résistance physique et morale de l'homme, mais la troublante élégance, la distinction qu'il gardait jusqu'au bout.

Un homme du monde qui sort de la salle de fouille sans cravate, qui passe ensuite une heure, tout nu, avec cent malfaiteurs, dans les locaux de l'identité judiciaire, traîné de l'appareil photographique aux chaises de mensuration, bousculé, en butte aux plaisanteries déprimantes de certains compagnons, garde rarement cette assurance qui, dans la vie privée, faisait partie de sa personnalité.

Et quand il a subi un interrogatoire de quelques heures, c'est miracle si quelque chose le distingue encore du premier vagabond venu.

Carl Andersen n'avait pas changé. Malgré son complet fripé, il restait d'une élégance qu'ont rarement l'occasion d'apprécier les gens de la Police judiciaire, une élégance d'aristocrate, avec ce rien de retenue, de raideur, cette pointe de morgue qui est surtout l'apanage des milieux diplomatiques.

Il était plus grand que Maigret, large d'épaules, mais souple et mince, étroit des hanches. Son visage allongé était pâle, les lèvres un peu décolorées.

Il portait un monocle noir à l'orbite gauche.

« Retirez-le », lui avait-on commandé.

Il avait obéi, avec une ombre de sourire. Il avait découvert un œil de verre, d'une désagréable fixité.

« Un accident?...

— D'aviation, oui...

— Vous avez donc fait la guerre?

— Je suis Danois. Je n'ai pas eu à faire la guerre. Mais j'avais un avion de tourisme, là-bas... »

Cet œil artificiel était si gênant, dans un visage jeune, aux traits réguliers, que Maigret avait grommelé :

« Pouvez remettre votre monocle... »

Andersen ne s'était pas plaint une seule fois, soit qu'on le laissât debout, soit qu'on oubliât de lui donner à boire ou à manger. De sa place, il pouvait apercevoir le mouvement de la rue, les tramways et les autobus franchissant le pont, un rayon de soleil rougeâtre, vers le soir, et maintenant l'animation d'un clair matin d'avril.

Il se tenait toujours aussi droit, sans pose, et le seul signe de fatigue était le cerne mince et profond qui soulignait son œil droit.

« Vous maintenez toutes vos déclarations ?

— Je les maintiens.

— Vous vous rendez compte de ce qu'elles ont d'invraisemblable ?

— Je m'en rends compte, mais je ne puis mentir.

— Vous espérez être remis en liberté, faute de preuve formelle ?

— Je n'espère rien... »

Un rien d'accent, plus accusé depuis qu'il était fatigué.

« Tenez-vous à ce que je relise le procès-verbal de votre interrogatoire avant de vous le faire signer ? »

Un geste vague d'homme du monde qui refuse une tasse de thé.

« Je vais en résumer les grandes lignes. Vous êtes arrivé en France, voilà trois ans, en compagnie de votre sœur Else. Vous avez vécu un mois à Paris. Vous avez loué ensuite une

maison de campagne sur la route nationale de
Paris à Étampes, à trois kilomètres d'Arpajon,
au lieu dit carrefour des Trois-Veuves. »

Carl Andersen approuva d'un léger signe de
tête.

« Depuis trois ans, vous vivez là-bas dans
l'isolement le plus strict, au point que les gens
du pays n'ont pas vu cinq fois votre sœur.
Aucun rapport avec vos voisins. Vous avez
acheté une voiture de 5 CV, d'un type démodé,
dont vous vous servez pour faire vous-même
vos provisions au marché d'Arpajon. Chaque
mois, toujours avec cette voiture, vous venez à
Paris.

— Livrer mes travaux à la maison Dumas et
Fils, rue du 4-Septembre, c'est exact !

— Travaux consistant en maquettes pour des
tissus d'ameublement. Chaque maquette vous
est payée cinq cents francs. Vous en produisez
en moyenne quatre par mois, soit deux mille
francs... »

Nouveau signe approbateur.

« Vous n'avez pas d'amis. Votre sœur n'a pas
d'amies. Samedi soir, vous vous êtes couché
comme d'habitude aussi, vous avez enfermé
votre sœur dans sa chambre, voisine de la vôtre.
Vous expliquez cela en prétendant qu'elle est
très peureuse... passons !... A sept heures du
matin, le dimanche, M. Émile Michonnet,
agent d'assurances, qui habite un pavillon à cent
mètres de chez vous, pénètre dans son garage et

s'aperçoit que sa voiture, une six cylindres neuve, d'une marque connue, a disparu et a été remplacée par votre tacot... »

Andersen ne bougea pas, eut un geste machinal vers sa poche vide où devaient se trouver généralement des cigarettes.

« M. Michonnet qui, depuis quelques jours, ne parlait dans tout le pays que de sa nouvelle auto, croit à une mauvaise plaisanterie. Il se rend chez vous, trouve la grille fermée et sonne en vain. Une demi-heure plus tard, il raconte sa mésaventure à la gendarmerie et celle-ci se rend à votre domicile... On n'y trouve ni vous ni votre sœur... par contre, dans le garage, on aperçoit la voiture de M. Michonnet et, sur le siège avant, penché sur le volant, un homme mort, tué d'un coup de feu tiré à bout portant dans la poitrine... On ne lui a pas volé ses papiers... C'est un nommé Isaac Goldberg, diamantaire à Anvers... »

Maigret rechargea le poêle, tout en parlant.

« La gendarmerie fait diligence, s'adresse aux employés de la gare d'Arpajon, qui vous ont vu prendre le premier train pour Paris, en compagnie de votre sœur... On vous cueille tous les deux à votre arrivée à la gare d'Orsay... vous niez tout...

— Je nie avoir tué qui que ce soit...

— Vous niez aussi connaître Isaac Goldberg...

— Je l'ai vu pour la première fois, mort, au

volant d'une voiture qui ne m'appartient pas, dans mon propre garage...

— Et au lieu de téléphoner à la police, vous avez pris la fuite avec votre sœur...

— J'ai eu peur...

— Vous n'avez rien à ajouter?

— Rien!

— Et vous maintenez que vous n'avez rien entendu pendant la nuit de samedi à dimanche?

— J'ai le sommeil très lourd. »

C'était la cinquantième fois qu'il répétait exactement les mêmes phrases et Maigret, excédé, toucha le timbre électrique. Le brigadier Lucas arriva.

« Je reviens dans un instant! »

L'entretien entre Maigret et le juge d'instruction Coméliau, qui avait été saisi de l'affaire, dura une quinzaine de minutes. Le magistrat, d'avance, abandonnait pour ainsi dire la partie.

« Vous verrez que ce sera une de ces affaires comme il n'y en a par bonheur qu'une tous les dix ans et dont on ne découvre jamais le fin mot!... Et c'est sur moi qu'on tombe!... Tous les détails sont incohérents!... Pourquoi cette substitution d'autos?... Et pourquoi Andersen ne se sert-il pas de celle qui est dans son garage pour fuir, au lieu de gagner Arpajon à pied et de prendre le train?... Que vient faire ce diaman-

taire au carrefour des Trois-Veuves?... Croyez-
moi, Maigret! Pour vous comme pour moi,
c'est toute une série d'ennuis qui commence...
Relâchez-le si vous voulez... Vous n'avez peut-
être pas tort de croire que, s'il a résisté à un
interrogatoire de dix-sept heures, on n'en tirera
rien de plus... »

Le commissaire avait les paupières un peu
rouges, parce qu'il avait trop peu dormi.

« Vous avez vu la sœur?

— Non! Quand on m'a amené Andersen, la
jeune fille avait déjà été reconduite chez elle par
la gendarmerie, qui voulait l'interroger sur les
lieux. Elle est restée là-bas. On la surveille. »

Ils se serrèrent la main. Maigret regagna son
bureau où Lucas observait mollement le prisonnier qui avait collé son front à la vitre et qui
attendait sans impatience.

« Vous êtes libre! » articula-t-il dès la porte.

Andersen ne tressaillit pas, mais esquissa un
geste vers son cou nu, vers ses chaussures
bâillantes.

« On vous rendra vos effets au greffe. Bien
entendu, vous restez à la disposition de la
Justice. A la moindre tentative de fuite, je vous
fais conduire à la Santé.

— Ma sœur?...

— Vous la retrouverez chez vous... »

Le Danois dut quand même ressentir une
émotion en franchissant le seuil, car il retira son
monocle, se passa la main sur l'œil perdu.

« Je vous remercie, commissaire.

— Il n'y a pas de quoi!

— Je vous donne ma parole d'honneur que je suis innocent...

— Je ne vous demande rien! »

Andersen s'inclina, attendit que Lucas voulût bien le piloter vers le greffe.

Quelqu'un s'était levé, dans l'antichambre, avait assisté à cette scène avec une stupéfaction indignée et se précipitait vers Maigret.

« Alors?... Vous le relâchez?... Ce n'est pas possible, commissaire... »

C'était M. Michonnet, agent d'assurances, le propriétaire de la six cylindres neuve. Il entra d'autorité dans le bureau, posa son chapeau sur une table.

« Je viens, avant tout, au sujet de la voiture. »

Un petit personnage grisonnant, vêtu avec une recherche maladroite, redressant sans cesse les pointes de ses moustaches cosmétiquées.

Il parlait en allongeant les lèvres, en esquissant des gestes qu'il voulait catégoriques, en choisissant ses mots.

Il était le plaignant! Il était celui que la Justice doit protéger! N'était-il pas une manière de héros?

Il ne se laissait pas impressionner, lui! La Préfecture tout entière était là pour l'écouter.

« J'ai eu un long entretien, cette nuit, avec Mme Michonnet, dont vous ferez bientôt la connaissance, je l'espère... Elle est de mon avis... Remarquez que son père était professeur au lycée de Montpellier et que sa mère donnait des leçons de piano... Si je vous dis cela... Bref... »

C'était son mot favori. Il le prononçait d'une façon à la fois tranchante et condescendante.

« Bref, il est nécessaire qu'une décision soit prise dans le plus court délai... Comme chacun, comme les plus riches, y compris le comte d'Arainville, j'ai acheté la nouvelle voiture à tempérament... J'ai signé dix-huit traites... Remarquez que j'aurais pu payer comptant, mais il est inutile d'immobiliser des capitaux... Le comte d'Arainville, dont je viens de vous parler, a fait de même pour son Hispano... Bref... »

Maigret ne bougeait pas, respirait avec force.

« Je ne puis me passer d'une voiture, qui m'est strictement nécessaire pour l'exercice de ma profession... Pensez que mon rayon s'étend à trente kilomètres d'Arpajon... Or, Mme Michonnet est de mon avis... Nous ne voulons plus d'une auto dans laquelle un homme a été tué... C'est à la justice de faire le nécessaire, de nous procurer une voiture neuve, du même type que la précédente, à cette différence près que je la choisirai lie-de-vin, ce qui ne change rien au prix...

« Remarquez que la mienne était rodée et que je serai obligé de...

— C'est tout ce que vous avez à me dire?

— Pardon!... »

Encore un mot qu'il aimait employer.

« Pardon, commissaire! Il est bien entendu que je suis prêt à vous aider de toutes mes connaissances et de mon expérience des choses du pays... Mais il est urgent qu'une auto... »

Maigret se passa la main sur le front.

« Eh bien, j'irai vous voir prochainement chez vous...

— Quant à l'auto?...

— Lorsque les constatations seront terminées, la vôtre vous sera rendue...

— Puisque je vous dis que Mme Michonnet et moi...

— Présentez donc mes hommages à Mme Michonnet!... Bonjour, monsieur... »

Ce fut si vite fait que l'assureur n'eut pas le temps de protester. Il se retrouva sur le palier, avec son chapeau qu'on lui avait poussé dans la main, et le garçon de bureau lui lançait :

« Par ici, s'il vous plaît! Premier escalier à gauche... Porte en face... »

Maigret, lui, s'enfermait à double tour, mettait de l'eau à chauffer sur son poêle pour préparer du café fort.

Ses collègues crurent qu'il travaillait. Mais on dut le réveiller quand, une heure plus tard, un télégramme arriva d'Anvers, qui disait :

« Isaac Goldberg, quarante-cinq ans, courtier en diamants, assez connu sur place. Importance moyenne. Bonnes références bancaires. Faisait chaque semaine, en train ou avion, les places d'Amsterdam, Londres et Paris.

« Villa luxueuse à Borgerhout, rue de Campine. Marié. Père de deux enfants, âgés de huit et douze ans.

« Mme Goldberg, avertie, a pris le train pour Paris. »

A onze heures du matin, la sonnerie du téléphone retentit. C'était Lucas.

« Allô! je suis au carrefour des Trois-Veuves. Je vous téléphone du garage qui se dresse à deux cents mètres de la maison des Andersen... Le Danois est rentré chez lui... La grille est refermée... Rien de spécial...

— La sœur?...

— Doit être là, mais je ne l'ai pas vue...

— Le corps de Golberg?...

— A l'amphithéâtre d'Arpajon... »

Maigret rentra chez lui, boulevard Richard-Lenoir.

« Tu as l'air fatigué! lui dit simplement sa femme.

— Prépare une valise avec un complet, des chaussures de rechange.

— Tu pars pour longtemps?... »

Il y avait un fricot sur le feu. Dans la chambre à coucher, la fenêtre était ouverte, le lit défait afin d'aérer les draps. Mme Maigret n'avait pas encore eu le temps d'enlever les épingles qui retenaient ses cheveux en petites boules dures.

« Au revoir »...

Il l'embrassa. Au moment où il sortait, elle remarqua :

« Tu ouvres la porte de la main droite... »

C'était contre son habitude. Il l'ouvrait toujours de la gauche. Et Mme Maigret ne se cachait pas d'être superstitieuse.

« Qu'est-ce que c'est ?... Une bande ?...

— Je l'ignore.

— Tu vas loin ?

— Je ne sais pas encore.

— Tu feras attention, dis ?... »

Mais il descendait l'escalier, se retournait à peine pour lui adresser un signe de la main. Sur le boulevard, il héla un taxi.

« A la gare d'Orsay... Ou plutôt... Combien vaut la course jusqu'à Arpajon ?... Trois cents francs, avec le retour ?... En route !... »

Cela lui arrivait rarement. Mais il était harassé. Il avait peine à chasser le sommeil qui faisait picoter ses paupières.

Et puis ! peut-être était-il un peu impressionné ? Non pas tant à cause de cette porte qu'il avait ouverte de la main droite. Pas non plus à cause de cette extravagante histoire de voiture volée à Michonnet et qu'on retrouvait avec un mort au volant dans le garage d'Andersen.

C'était plutôt la personnalité de ce dernier qui le chiffonnait.

« Dix-sept heures de *grilling!* »

Des bandits éprouvés, des lascars ayant traîné dans tous les postes de police d'Europe n'avaient pas résisté à cette épreuve.

Peut-être même était-ce pour cela que Maigret avait relâché Andersen!

N'empêche qu'à partir de Bourg-la-Reine, il dormait dans le fond du taxi. Le chauffeur l'éveilla à Arpajon, devant le vieux marché au toit de chaume.

« A quel hôtel descendez-vous?

— Continuez jusqu'au carrefour des Trois-Veuves... »

Une montée, sur les pavés luisant d'huile, de la route nationale, avec, des deux côtés, les panneaux-réclames pour Vichy, Deauville, les grands hôtels ou les marques d'essence.

Un croisement. Un garage et ses cinq pompes à essence, peintes en rouge. A gauche, la route d'Avrainville, piquée d'un poteau indicateur.

Alentour, des champs à perte de vue.

« C'est ici! » dit le chauffeur.

Il n'y avait que trois maisons. D'abord celle du garagiste, en carreaux de plâtre, édifiée rapidement dans la fièvre des affaires. Une grosse voiture de sport, à carrosserie d'alumi-

nium, faisait son plein. Des mécaniciens répa-
raient une camionnette de boucher.

En face, un pavillon en pierre meulière, style
villa, avec un étroit jardin, entouré de grillages
hauts de deux mètres. Une plaque de cuivre :
Émile Michonnet, assurances.

L'autre maison était à deux cents mètres. Le
mur qui entourait le parc ne permettait d'apercevoir que le premier étage, un toit d'ardoises et
quelques beaux arbres.

Cette construction-là datait d'au moins un
siècle. C'était la bonne maison de campagne du
temps jadis, comportant un pavillon destiné au
jardinier, les communs, les poulaillers, une
écurie, un perron de cinq marches flanqué de
torchères de bronze.

Une petite pièce d'eau en ciment était à sec.
D'une cheminée à chapiteau sculpté montait
tout droit un filet de fumée.

C'était tout. Au-delà des champs, un rocher,
des toits de fermes, une charrue abandonnée
quelque part à l'orée des labours.

Et, sur la route lisse, des autos qui passaient,
cornaient, se croisaient, se doublaient.

Maigret descendit, sa valise à la main, paya le
chauffeur qui, avant de regagner Paris, prit de
l'essence au garage.

mais vous n'y trouverez qu'une auberge de campagne...

— Vas-y porter ma valise et retenir des chambres... Rien à signaler ?

— Rien... On nous observe de la villa... C'est Mme Michonnet, que j'ai examinée tout à l'heure... Une brune assez volumineuse, qui ne doit pas avoir bon caractère...

— Tu sais pourquoi l'on appelle cet endroit le carrefour des Trois-Veuves ?

— Je me suis renseigné... C'est à cause de la maison d'Andersen... Elle date de la Révolution... Autrefois, elle était seule à se dresser au carrefour... En dernier lieu, voilà cinquante ans, il paraît qu'elle était habitée par trois veuves, la mère et ses deux filles. La mère avait quatre-vingt-dix ans et était impotente. L'aînée des filles avait soixante-sept ans, l'autre soixante bien tassés. Trois vieilles maniaques, tellement avares qu'elles ne faisaient aucun achat dans le pays et qu'elles vivaient des produits de leur potager et de la basse-cour... Les volets n'étaient jamais ouverts. On restait des semaines sans les apercevoir... La fille aînée s'est cassé la jambe et l'on ne l'a su que quand elle a été morte... Une drôle d'histoire !... Depuis longtemps, on n'entendait plus le moindre bruit autour de la maison des Trois Veuves... Alors les gens jasent... Le maire d'Avrainville se décide à venir faire un tour... Il les trouve mortes toutes les trois, mortes depuis

dix jours au moins!... On m'a dit qu'à l'époque
les journaux en ont beaucoup parlé... Un
instituteur du pays, que ce mystère a passionné,
a même écrit une brochure dans laquelle il
prétend que la fille à la jambe cassée, par haine
pour sa sœur encore alerte, a empoisonné celle-
ci et que la mère a été empoisonnée du même
coup... Elle serait morte ensuite à proximité des
deux cadavres, faute de pouvoir bouger pour se
nourrir!... »

Maigret fixait la maison dont il ne voyait que
le haut, puis regardait le pavillon neuf des
Michonnet, le garage plus neuf encore, les
voitures qui passaient à quatre-vingts à l'heure
sur la route nationale.

« Va retenir les chambres... Viens ensuite me
retrouver...

— Qu'allez-vous faire? »

Le commissaire haussa les épaules, marcha
d'abord jusqu'à la grille de la maison des Trois
Veuves. La construction était spacieuse, entou-
rée d'un parc de trois à quatre hectares, orné de
quelques arbres magnifiques.

Une allée en pente contournait une pelouse,
donnait accès au perron d'une part, de l'autre à
un garage aménagé dans une ancienne écurie au
toit garni d'une poulie.

Rien ne bougeait. A part le filet de fumée, on
ne sentait aucune vie derrière les rideaux passés.
Le soir commençait à tomber et des chevaux

traversaient un champ lointain pour regagner la ferme.

Maigret vit un petit homme qui se promenait sur la route, les mains enfoncées dans les poches d'un pantalon de flanelle, la pipe aux dents, une casquette sur la tête. Cet homme s'approcha familièrement de lui, comme, à la campagne, on s'aborde entre voisins.

« C'est vous qui dirigez l'enquête. »

Il n'avait pas de faux col. Ses pieds étaient chaussés de pantoufles. Mais il portait un veston de beau drap anglais gris et une énorme chevalière au doigt.

« Je suis le garagiste du carrefour... Je vous ai aperçu de loin... »

Un ancien boxeur, à coup sûr. Il avait eu le nez cassé. Son visage était comme martelé par les coups de poing. Sa voix traînante était enrouée, vulgaire, mais pleine d'assurance.

« Qu'est-ce que vous dites de cette histoire d'autos ?... »

Il riait, découvrant des dents en or.

« Si ce n'était pas qu'il y a un macchabée, je trouverais l'aventure marrante... Vous ne pouvez pas comprendre !... Vous ne connaissez pas le type d'en face, *Môssieu Michonnet,* comme nous l'appelons... Un monsieur qui n'aime pas les familiarités, qui porte des faux cols hauts comme ça et des souliers vernis... Et Mme Michonnet donc !... Vous ne l'avez pas encore vue ?... Hum !... Ces gens-là réclament pour tout et pour rien, vont trouver les gendarmes parce que les autos font trop de bruit quand elles s'arrêtent devant ma pompe à essence... »

Maigret regardait son interlocuteur sans l'encourager ni le décourager. Il le regardait, tout simplement, ce qui était assez déroutant pour un bavard, mais ce qui ne suffisait pas à impressionner le garagiste.

Une voiture de boulanger passa et l'homme en pantoufles cria :

« Salut, Clément!... Ton klaxon est réparé!... Tu n'as qu'à le demander à Jojo!... »

Il reprit, tourné vers Maigret à qui il offrait des cigarettes :

« Il y a des mois qu'il parlait d'acheter une bagnole neuve, qu'il embêtait tous les marchands d'autos, y compris moi!... Il voulait des réductions... Il nous faisait marcher... La carrosserie était trop sombre, ou trop claire... Il voulait bordeaux uni, mais pas trop bordeaux tout en restant bordeaux... Bref, il a fini par l'acheter à un collègue d'Arpajon... Avouez que c'est crevant, quelques jours après, de retrouver la voiture dans le garage des Trois Veuves!... J'aurais payé cher pour contempler notre bonhomme quand, le matin, il a vu le vieux tacot à la place de la six cylindres!... Dommage du mort, qui gâte tout!... Car enfin, un mort c'est un mort et il faut quand même du respect pour ces choses-là!... Dites donc! vous viendrez bien boire le coup chez nous en passant?... Le carrefour manque de bistrots... Mais ça viendra! Que je trouve un brave garçon pour le tenir et je lui fais les fonds... »

L'homme dut s'apercevoir que ses paroles ne trouvaient guère d'écho, car il tendit la main à Maigret.

« A tout à l'heure... »

Il s'éloigna du même pas, s'arrêta pour parler à un paysan qui passait en carriole. Il y avait toujours un visage derrière les rideaux des Michonnet. La campagne, des deux côtés de la route, avait, dans le soir, un air monotone, stagnant, et l'on entendait des bruits très loin, un hennissement, la cloche d'une église située peut-être à une dizaine de kilomètres.

Une première auto passa phares allumés, mais ils brillaient à peine dans le demi-jour.

Maigret tendit le bras vers le cordon de sonnette qui pendait à droite de la poterne. De belles et graves résonances de bronze vibrèrent dans le jardin, suivies d'un très long silence. La porte, au-dessus du perron, ne s'ouvrit pas. Mais le gravier crissa derrière la maison. Une haute silhouette se profila, un visage laiteux, un monocle noir.

Sans émotion apparente, Carl Andersen s'approcha de la grille qu'il ouvrit en inclinant la tête.

« Je me doutais que vous viendriez... Je suppose que vous désirez visiter le garage... Le

Parquet y a posé des scellés, mais vous devez avoir le pouvoir de... »

Il avait le même complet qu'au quai des Orfèvres : un complet d'une sûre élégance, qui commençait à se lustrer.

« Votre sœur est ici?... »

Il ne faisait déjà plus assez clair pour discerner un frémissement des traits, mais Andersen éprouva le besoin de caler le monocle dans son orbite.

« Oui...

— Je voudrais la voir... »

Une légère hésitation. Une nouvelle inclination de la tête.

« Veuillez me suivre... »

On contourna le bâtiment. Derrière, s'étalait une pelouse assez vaste que dominait une terrasse. Toutes les pièces du rez-de-chaussée s'ouvraient de plain-pied sur cette terrasse par de hautes portes-fenêtres.

Aucune chambre n'était éclairée. Dans le fond du parc, des écharpes de brouillard voilaient le tronc des arbres.

« Vous permettez que je vous montre le chemin? »

Andersen poussa une porte vitrée et Maigret le suivit dans un grand salon tout feutré de pénombre. La porte resta ouverte, laissant pénétrer l'air à la fois frais et lourd du soir, ainsi qu'une odeur d'herbe et de feuillages humides.

Une seule bûche lançait quelques étincelles dans la cheminée.

« Je vais appeler ma sœur... »

Andersen n'avait pas fait de lumière, n'avait même pas paru s'apercevoir que le soir tombait. Maigret, resté seul, arpenta la pièce lentement, s'arrêta devant un chevalet qui supportait une ébauche à la gouache. C'était l'ébauche d'un tissu moderne, aux couleurs audacieuses, au dessin étrange.

Mais moins étrange que cette ambiance où Maigret retrouvait le souvenir des trois veuves de jadis !

Certains des meubles avaient dû leur appartenir. Il y avait des fauteuils Empire à la peinture écaillée, à la soie usée, et des rideaux de reps qui n'avaient pas été retirés depuis cinquante ans.

Par contre, avec du bois blanc, on avait bâti le long d'un mur des rayons de bibliothèque, où s'entassaient des livres non reliés, en français, en allemand, en anglais, en danois aussi sans doute.

Et les couvertures blanches, jaunes ou bariolées contrastaient avec un pouf désuet, avec des vases ébréchés, un tapis dont le centre ne comportait plus que la trame.

La pénombre s'épaississait. Une vache meugla au loin. Et de temps en temps, un léger vrombissement pointait dans le silence, s'intensifiait, une voiture passait en trombe sur la route et le bruit du moteur allait en se mourant.

Dans la maison, rien! A peine des gratte-ments, des craquements! A peine de menus bruits indéchiffrables permettant de soupçonner qu'il y avait de la vie.

Carl Andersen entra le premier. Ses mains blanches trahissaient une certaine nervosité. Il ne dit rien, resta un instant immobile près de la porte.

Un glissement dans l'escalier.

« Ma sœur Else... » annonça-t-il enfin.

Elle s'avançait, les contours indécis dans la demi-obscurité. Elle s'avançait comme la vedette d'un film, ou mieux, comme la femme idéale dans un rêve d'adolescent.

Sa robe était-elle de velours noir? Toujours est-il qu'elle était plus sombre que tout le reste, qu'elle faisait une tache profonde, somptueuse. Et le peu de lumière encore éparse dans l'air se concentrait sur ses cheveux blonds et légers, sur le visage mat.

« On me dit que vous désirez me parler, commissaire... Mais veuillez d'abord vous asseoir... »

Son accent était plus prononcé que celui de Carl. La voix chantait, baissait sur la dernière syllabe des mots.

Et son frère se tenait près d'elle comme un esclave se tient auprès d'une souveraine qu'il a la charge de protéger.

Elle fit quelques pas et, seulement quand elle fut très proche, Maigret s'avisa qu'elle était aussi grande que Carl. Des hanches étroites accusaient encore l'élan de sa silhouette.

« Une cigarette!... » dit-elle en se tournant vers son frère.

Il s'empressa, troublé, maladroit. Elle fit jaillir la flamme d'un briquet qu'elle prit sur un meuble et, un instant, le rouge du feu combattit le bleu sombre de ses yeux.

Après, l'obscurité fut plus sensible, si sensible que le commissaire, mal à l'aise, chercha un commutateur, n'en trouva pas, murmura :

« Puis-je vous demander de faire de la lumière? »

Il avait besoin de tout son aplomb. Cette scène avait un caractère trop théâtral à son gré. Théâtral? Trop sourd, plutôt, comme le parfum qui envahissait la pièce depuis qu'Else s'y trouvait.

Trop étranger surtout à la vie de tous les jours! Peut-être trop étranger tout court!

Cet accent... Cette correction absolue de Carl et son monocle noir... Ce mélange de somptuosité et de vieilleries écœurantes... Jusqu'à la robe d'Else, qui n'était pas une robe comme on en voit dans la rue, ni au théâtre ni dans le monde...

A quoi cela tenait-il? Sans doute à sa façon de la porter. Car la coupe était simple. Le tissu moulait le corps, enserrait même le cou, ne laissant paraître que le visage et les mains...

Andersen s'était penché sur une table, retirait

le verre d'une lampe à pétrole datant des trois vieilles, une lampe à haut pied de porcelaine, orné de faux bronze.

Cela fit un rond lumineux de deux mètres de diamètre dans un coin du salon. L'abat-jour était orange.

« Excusez-moi... Je n'ai pas remarqué que tous les sièges étaient encombrés... »

Et Andersen débarrassait un fauteuil Empire des livres qui y étaient empilés. Il les posa sur le tapis, en désordre. Else fumait, debout, toute droite, sculptée par le velours.

« Votre frère, mademoiselle, m'a affirmé qu'il n'avait rien entendu d'anormal pendant la nuit de samedi à dimanche... Il paraît qu'il a le sommeil très dur...

— Très... répéta-t-elle en exhalant un peu de fumée.

— Vous n'avez rien entendu non plus ?

— De particulièrement anormal, non ! »

Elle parlait lentement, en étrangère qui doit traduire des phrases pensées dans sa langue.

« Vous savez que nous sommes sur une route nationale. La circulation ne ralentit guère la nuit. Chaque jour, des camions, dès huit heures du soir, se dirigent vers les Halles et font beaucoup de bruit... Le samedi, il y a en outre les touristes qui gagnent les bords de la Loire et la Sologne... Notre sommeil est entrecoupé de bruits de moteurs et de freins, d'éclats de voix. Si la maison n'était si bon marché...

— Vous n'avez jamais entendu parler de Goldberg?

— Jamais... »

La nuit n'était pas encore complète dehors. Le gazon était d'un vert soutenu et l'on avait l'impression qu'on eût pu compter les brins d'herbe, tant ils se détachaient avec netteté.

Le parc, malgré le manque d'entretien, restait harmonieux comme un décor d'opéra. Chaque massif, chaque arbre, chaque branche même était à sa place exacte. Et un horizon de champs, avec un toit de ferme, achevait cette sorte de symphonie de l'Ile-de-France.

Dans le salon, par contre, parmi les vieux meubles, des dos de livres étrangers, des mots que Maigret ne comprenait pas. Et ces deux étrangers, le frère et la sœur, celle-ci, surtout, qui jetait une note discordante...

Une note trop voluptueuse, trop lascive? Pourtant, elle n'était pas provocante. Elle restait simple dans ses gestes, dans ses attitudes...

Mais d'une simplicité qui n'était pas celle qu'eût voulue le décor. Le commissaire eût mieux compris les trois vieilles et leurs passions monstrueuses!

« Voulez-vous me permettre de visiter la maison? »

Il n'y eut d'hésitation ni chez Carl ni chez Else. Ce fut lui qui souleva la lampe, tandis qu'elle s'asseyait dans un fauteuil.

« Si vous voulez me suivre...

— Je suppose que c'est surtout dans ce salon que vous vous tenez?...

— Oui... C'est ici que je travaille, que ma sœur passe le plus clair de ses journées...

— Vous n'avez pas de domestique?

— Vous savez maintenant ce que je gagne. C'est trop peu pour me permettre de me faire servir...

— Qui prépare les repas?

— Moi... »

C'était dit simplement, sans gêne, sans honte, et, comme les deux hommes atteignaient un corridor, Andersen poussa une porte, tendit la lampe vers la cuisine en disant du bout des lèvres :

« Vous excuserez le désordre... »

C'était plus que du désordre. C'était sordide. Un réchaud à alcool baveux de lait bouilli, de sauce, de graisse, sur une table couverte d'un lambeau de toile cirée. Des bouts de pain. Un reste d'escalope dans une poêle posée à même la table et, dans l'évier, de la vaisselle sale.

Quand on eut regagné le corridor, Maigret jeta un coup d'œil vers le salon, qui n'était plus éclairé et où brillait seulement la cigarette d'Else.

« Nous ne nous servons pas de la salle à manger ni du petit salon qui se trouvent en façade... Voulez-vous voir?... »

La lampe éclaira un assez joli parquet, des

meubles entassés, des pommes de terre étalées sur le sol. Les volets étaient clos.

« Nos chambres sont là-haut... »

L'escalier était large. Une marche criait. Le parfum, à mesure que l'on montait, devenait plus dense.

« Voici ma chambre... »

Un simple sommier posé sur le plancher, formant divan. Une toilette rudimentaire. Une grande garde-robe Louis XV. Un cendrier débordant de bouts de cigarettes.

« Vous fumez beaucoup?

— Le matin, au lit... Peut-être trente cigarettes, en lisant... »

Devant la porte située en face de la sienne, il prononça très vite :

« La chambre de ma sœur... »

Mais il ne l'ouvrit pas. Il se rembrunit tandis que Maigret tournait le bouton, poussait l'huis.

Andersen tenait toujours la lampe et il évita de s'approcher avec la lumière. Le parfum était si compact qu'il prenait à la gorge.

Toute la maison était sans style, sans ordre, sans luxe. Un campement, où l'on usait de vieux restes.

Mais là, le commissaire devina, dans le clair-obscur, comme une oasis chaude et moelleuse. On ne voyait pas le parquet couvert de peaux de bêtes, entre autres d'une splendide dépouille de tigre qui servait de descente de lit.

Celui-ci était d'ébène, couvert de velours noir. Sur ce velours, du linge de soie chiffonné.

Insensiblement, Andersen s'éloignait avec la lampe dans le corridor et Maigret le suivit.

« Il y a trois autres chambres, inoccupées...

— En somme, celle de votre sœur est la seule à donner sur la route... »

Carl ne répondit pas, désigna un escalier étroit.

« L'escalier de service... Nous n'en usons pas... Si vous voulez voir le garage... »

Ils descendirent l'un derrière l'autre dans la lumière dansante de la lampe à pétrole. Au salon, le point rouge d'une cigarette restait la seule lueur.

A mesure qu'Andersen s'avançait, la lumière envahit la pièce. On vit Else, à demi étendue dans un fauteuil, le regard indifférent braqué vers les deux hommes.

« Vous n'avez pas offert de thé au commissaire, Carl!

— Merci! je ne prends jamais de thé...

— Je désire en prendre, moi! Voulez-vous du whisky? Ou bien... Carl! je vous en prie... »

Et Carl, confus, nerveux, posa la lampe, alluma un petit réchaud qui se trouvait sous une théière d'argent.

« Que puis-je vous offrir, commissaire? »

Maigret n'arrivait pas à préciser l'origine de son malaise. L'atmosphère était tout ensemble intime et désordonnée. De grandes fleurs aux pétales violacés s'épanouissaient sur le chevalet.

« En somme, dit-il, quelqu'un a d'abord volé la voiture de M. Michonnet. Goldberg a été assassiné dans cette voiture, qu'on a ensuite amenée dans votre garage. Et votre auto a été conduite dans celui de l'assureur...

— C'est incroyable, n'est-ce pas? »

Else parlait d'une voix douce, chantante, en allumant une nouvelle cigarette.

« Mon frère prétendait qu'on nous accuserait, parce que le mort a été découvert chez nous... Il a voulu fuir... Moi, je ne voulais pas... J'étais sûre qu'on comprendrait que, si nous avions vraiment tué, nous n'aurions eu aucun intérêt à... »

Elle s'interrompit, chercha des yeux Carl qui furetait dans un coin.

« Eh bien, vous n'offrez rien au commissaire?

— Pardon... Je... je m'aperçois qu'il n'y a plus de...

— Vous êtes toujours le même! Vous ne pensez à rien... Il faut nous excuser, monsieur?...

— Maigret.

— ... Monsieur Maigret... Nous buvons très peu d'alcool et... »

Il y eut des bruits de pas dans le parc où Maigret devina la silhouette du brigadier Lucas qui le cherchait.

3

LA NUIT DU CARREFOUR

« QU'EST-CE que c'est, Lucas? »

Maigret se dressait devant la porte-fenêtre. Il avait derrière lui l'atmosphère trouble du salon, en face, le visage de Lucas dans l'ombre fraîche du parc.

« Rien, commissaire... Je vous cherchais... »

Et Lucas, un peu confus, essayait de lancer un regard à l'intérieur, par-dessus les épaules du commissaire.

« Tu m'as retenu une chambre?

— Oui... Il y a un télégramme pour vous... Mme Goldberg arrive cette nuit en auto... »

Maigret se retourna, vit Andersen qui attendait, le front penché, Else qui fumait en remuant le pied avec impatience.

« Je viendrai sans doute vous interroger à nouveau demain, leur annonça-t-il. Mes hommages, mademoiselle... »

Elle le salua avec une bonne grâce condescendante. Carl voulut reconduire les deux policiers jusqu'à la grille.

« Vous ne visitez pas le garage?

— Demain...

— Écoutez, commissaire... Ma démarche va peut-être vous paraître équivoque... Je voudrais vous demander d'user de moi si je puis vous servir à quelque chose... Je sais que je suis étranger, qu'en outre c'est sur moi que pèsent les plus lourdes charges... Raison de plus pour que je fasse l'impossible afin que le coupable soit découvert... Ne m'en veuillez pas de ma maladresse... »

Maigret lui planta le regard dans les yeux. Il vit une prunelle triste qui se détourna lentement. Carl Andersen referma la grille et regagna la maison.

***

« Qu'est-ce qui t'a pris, Lucas?

— Je n'étais pas tranquille... Il y a un bon moment que je suis revenu d'Avrainville... Je ne sais pas pourquoi ce carrefour m'a fait soudain une si sale impression... »

Ils marchaient tous les deux dans l'obscurité, sur le bas-côté de la route. Les voitures étaient rares.

« J'ai essayé de reconstituer le crime en esprit, poursuivit-il, et, plus on y pense, plus le drame devient ahurissant. »

Ils étaient arrivés à la hauteur de la villa des

Michonnet, qui était comme une des pointes d'un triangle dont les autres angles étaient formés, d'une part par le garage, de l'autre par la maison des Trois Veuves.

Quarante mètres entre le garage et les Michonnet. Cent mètres entre ces derniers et les Andersen.

Pour les relier, le ruban régulier et poli de la route, endiguée comme un fleuve par de hauts arbres.

On ne voyait aucune lumière du côté des Trois Veuves. Deux fenêtres étaient éclairées chez l'agent d'assurances, mais des rideaux sombres ne laissaient filtrer qu'un filet de lumière, un filet irrégulier qui prouvait que quelqu'un écartait le rideau à hauteur d'homme pour regarder dehors.

Côté garage, les disques laiteux des pompes à essence, puis un rectangle de lumière crue jaillissant de l'atelier où éclataient des coups de marteau.

Les deux hommes s'étaient arrêtés et Lucas, qui était un des plus anciens collaborateurs de Maigret, expliquait :

« Avant tout, il faut que Goldberg soit venu jusqu'ici. Vous avez vu le cadavre, à la morgue d'Étampes ? Non ?... Un homme de quarante-cinq ans, au type israélite prononcé... Un petit type solide, à la mâchoire dure, au front têtu couronné par des cheveux frisés de mouton... Un complet fastueux... Du linge fin à son chiffre... Un personnage habitué à mener large vie, à commander, à dépenser sans compter... Pas de boue, pas de poussière sur ses souliers vernis... Donc, si même il est venu à Arpajon par le train, il n'a pas fait à pied les trois kilomètres qui nous séparent de la ville...

« Mon idée est qu'il est venu de Paris, peut-être d'Anvers en voiture...

« Le médecin affirme que la digestion du dîner était terminée au moment de la mort, qui a été instantanée... Par contre, dans l'estomac, on a retrouvé une assez grande quantité de champagne et des amandes grillées.

« A Arpajon, aucun hôtelier n'a vendu de champagne la nuit de samedi à dimanche et je vous défie de trouver dans toute la ville des amandes grillées... »

Un camion automobile passa à cinquante à l'heure avec un vacarme de ferraille agitée.

« Regardez le garage des Michonnet, commissaire. Il n'y a qu'un an que l'agent d'assurances possède une voiture. Sa première auto était un vieux clou et il se contentait, pour l'abriter, de ce hangar de planches qui donne sur la route et est fermé avec un cadenas. Il n'a pas eu le temps de faire construire un autre garage depuis lors. C'est donc là qu'on est allé chercher la six cylindres neuve. Il a fallu la conduire à la maison des Trois Veuves, ouvrir la grille, le garage, en retirer le tacot d'Andersen, mettre à sa place l'auto de Michonnet... Et,

par surcroît, installer Goldberg au volant et le
tuer d'une balle tirée à bout portant... Personne
n'a rien vu, rien entendu!... *Personne n'a
d'alibi!*... Je ne sais pas si vous avez la même
impression que moi, en revenant d'Avrainville,
tout à l'heure, dans la nuit tombante, je me suis
senti désaxé... Il m'a semblé que l'affaire se
présentait mal, qu'elle avait un caractère anormal, comme perfide...

« Je me suis avancé jusqu'à la grille de la
maison des Trois Veuves... Je savais que vous y
étiez... La façade était obscure, mais je devinais
un halo jaunâtre dans le jardin...

« C'est idiot, je le sais bien!... J'ai eu peur!...
pour vous, n'est-ce pas?... Ne vous retournez
pas trop vite... C'est Mme Michonnet qui est
embusquée derrière ses rideaux...

« Je me trompe certainement... Et pourtant
je jurerais que la moitié des conducteurs qui
passent en voiture nous observent d'une façon
spéciale... »

Maigret fit du regard le tour du triangle. On
ne voyait plus les champs, que l'obscurité avait
noyés. A droite de la grand-route, en face du
garage, le chemin d'Avrainville s'amorçait, non
pas planté d'arbres comme la route nationale
mais bordé d'un seul côté par une file de
poteaux télégraphiques.

A huit cents mètres, quelques lumières : les
premières maisons du village.

« Du champagne et des amandes grillées! » grommela le commissaire.

Il se mit lentement en marche, s'arrêta en flâneur devant le garage où, dans la lumière aiguë d'une lampe à arc, un mécanicien en salopette changeait la roue d'une voiture.

C'était plutôt un atelier de réparations qu'un garage. Il contenait une dizaine d'autos, toutes étaient vieilles, démodées et l'une d'elles, sans roues, sans moteur, réduite à l'état de carcasse, pendait aux chaînes d'une poulie.

« Allons dîner! A quelle heure doit arriver Mme Goldberg?

— Je ne sais pas... Dans la soirée... »

L'auberge d'Avrainville était vide. Un zinc, quelques bouteilles, un gros poêle, un billard de petit modèle, aux bandes dures comme des pierres et au drap troué, un chien et un chat couchés côte à côte...

Le patron servit à table, tandis qu'on voyait sa femme cuire des escalopes dans la cuisine.

« Comment s'appelle le garagiste du carrefour? questionna Maigret en avalant une sardine tenant lieu de hors-d'œuvre.

— M. Oscar...

— Il y a longtemps qu'il est dans le pays?

— Peut-être huit ans... Peut-être dix... Moi, j'ai une carriole et un cheval... Alors... »

Et l'homme continua son service sans entrain. Il n'était pas loquace. Il avait même le regard sournois de quelqu'un qui se méfie.

« Et M. Michonnet ?

— C'est l'agent d'assurances... »

C'était tout.

« Vous boirez du blanc ou du rouge ? »

Il chipota longtemps pour retirer un morceau de bouchon qui était tombé dans la bouteille, finit par transvaser la piquette.

« Et les gens de la maison des Trois Veuves ?

— Je ne les ai pour ainsi dire jamais vus... En tout cas, la dame, car il paraît qu'il y a une dame... La route nationale, ce n'est déjà plus Avrainville...

— Bien cuites ? » cria sa femme de la cuisine.

Maigret et Lucas finirent par se taire, chacun suivant le fil de ses pensées. A neuf heures, après avoir avalé un calvados synthétique, ils gagnèrent la route, firent d'abord les cent pas, se dirigèrent enfin vers le carrefour.

« Elle n'arrive pas.

— Je serais curieux de savoir ce que Goldberg est venu faire dans le pays... Champagne et amandes grillées !... On a retrouvé des diamants dans ses poches ?

— Non... Rien que deux mille et quelques francs dans son portefeuille... »

Le garage était toujours éclairé. Maigret nota que la maison de M. Oscar n'était pas en bordure, mais qu'elle se dressait derrière l'ate-

lier, si bien qu'on n'en pouvait apercevoir les
fenêtres...

Le mécanicien, en combinaison, mangeait,
assis sur le marchepied d'une voiture. Et
soudain, ce fut le garagiste lui-même qui sortit
de l'ombre de la route, à quelques pas des
policiers.

« Bonsoir, messieurs!

— Bonsoir! grogna Maigret.

— Belle nuit! Si cela continue, nous aurons
un temps magnifique pour Pâques...

— Dites donc! questionna brutalement le
commissaire, votre boutique reste ouverte toute
la nuit?

— Ouverte, non! Mais il y a toujours un
homme de garde, qui couche sur un lit de
camp. La porte est fermée... Les habitués
sonnent quand ils ont besoin de quelque
chose...

— Il y a beaucoup de voitures la nuit sur la
route?

— Beaucoup, non! Pourtant, il y en a... Des
camions automobiles, qui font les Halles... C'est
le pays des primeurs et surtout des cresson-
nières... Il arrive de manquer d'essence... Ou
bien il y a une petite réparation à faire... Vous
ne voulez pas venir boire quelque chose?...

— Merci.

— Vous avez tort... Mais je n'insiste pas...
Alors, vous n'avez pas encore débrouillé cette
histoire de voitures?... Vous savez! M. Michon-

net en fera sûrement une maladie!... Surtout si l'on ne lui rend pas tout de suite une six cylindres!... »

Un phare brilla dans le lointain, grossit. Un vrombissement. Une ombre passa.

« Le docteur d'Étampes! murmura le garagiste. Il est allé en consultation à Arpajon... Son confrère a dû le retenir à dîner...

— Vous connaissez toutes les autos qui passent?

— Beaucoup... Tenez! ces deux lanternes... C'est du cresson pour les Halles... Ces gens-là ne peuvent pas se résigner à allumer leurs phares... Et ils tiennent toute la largeur de la route!... Bonsoir, Jules!... »

Une voix répondit, du haut du camion qui passait, et l'on ne vit plus que le petit feu rouge de l'arrière, que la nuit ne tarda pas à absorber.

Un train quelque part, une chenille lumineuse qui s'étira dans le chaos nocturne.

« L'express de neuf heures trente-deux... Vraiment? vous ne voulez rien prendre?... Dis donc, Jojo!... Quand tu auras fini de dîner, tu vérifieras la troisième pompe, qui est calée... »

Des phares encore. Mais l'auto passa. Ce n'était pas Mme Goldberg.

Maigret fumait sans répit. Laissant M. Oscar devant son garage, il commença à aller et venir, suivi de Lucas, qui soliloquait à mi-voix.

Aucune lumière dans la maison des Trois Veuves. Les policiers passèrent dix fois devant

la grille. Les dix fois, Maigret leva machinalement les yeux vers la fenêtre qu'il savait être
celle de la chambre d'Else.

Puis c'était la villa Michonnet, sans style,
toute neuve, avec sa porte de chêne verni et son
jardinet ridicule.

Puis le garage, le mécanicien occupé à réparer
la pompe à essence, M. Oscar qui lui donnait
des conseils, les deux mains dans les poches.

Un camion, venant d'Étampes et se dirigeant
vers Paris, s'arrêta pour faire le plein. Sur le tas
de légumes, un homme était couché et dormait,
un convoyeur, qui faisait la même route toutes
les nuits, à la même heure.

« Trente litres!

— Ça va?...

— Ça va! »

Un bruit d'embrayage et le camion s'éloignait, abordait à soixante à l'heure la descente
d'Arpajon.

« Elle ne viendra plus! soupira Lucas. Sans
doute a-t-elle décidé de dormir à Paris... »

Ils parcoururent encore trois fois les deux
cents mètres du carrefour, puis Maigret obliqua
soudain dans la direction d'Avrainville. Quand
il arriva en face de l'auberge, les lampes étaient
éteintes, sauf une, et l'on ne voyait personne
dans le café.

« Il me semble que j'entends une voiture... »

Ils se retournèrent. C'était exact. Deux
phares trouaient la nuit dans la direction du

village. Une auto devait virer en face du garage, au ralenti. Quelqu'un parlait.

« Ils demandent leur chemin... »

La voiture s'approcha enfin, illuminant les uns après les autres les poteaux télégraphiques. Maigret et Lucas furent pris dans le faisceau de lumière, debout tous les deux en face de l'auberge.

Un coup de freins. Un chauffeur descendit, se dirigea vers la portière qu'il ouvrit.

« C'est bien ici? questionna une voix de femme à l'intérieur.

— Oui, madame... Avrainville... Et il y a une branche de sapin au-dessus de la porte... »

Une jambe gainée de soie. Un pied se posait par terre. On devina de la fourrure. Maigret allait s'avancer vers la visiteuse.

A ce moment, il y eut une détonation, un cri, et, tête première, la femme tomba sur le sol, s'y écrasa littéralement, y resta, repliée sur elle-même, roulée en boule, tandis qu'une des jambes se déployait dans un spasme.

Le commissaire et Lucas se regardèrent.

« Occupe-toi d'elle! » lança Maigret.

Mais déjà il y avait eu quelques secondes de perdues. Le chauffeur, ahuri, restait immobile à la même place. Une fenêtre s'ouvrait au premier étage de l'auberge.

Le coup de feu était parti du champ, à droite de la route. Tout en courant, le commissaire tirait son revolver de sa poche. Il entendait quelque chose, un martèlement mou de pas dans la glaise. Mais il ne voyait rien, à cause des phares de l'auto qui, éclairant avec violence une partie du décor, rendaient ailleurs l'obscurité absolue.

Il cria en se retournant :

« Les phares!... »

Ce fut d'abord sans effet. Il répéta sa phrase. Et alors il y eut une méprise catastrophique. Le chauffeur, ou Lucas, braqua un des phares dans la direction du commissaire.

Si bien que celui-ci se découpait, immense, tout noir, sur le sol nu du champ.

L'assassin devait être plus loin, ou plus à gauche, ou plus à droite, hors du cercle de lumière en tout cas.

« Les phares, n... de D...! » hurla Maigret une dernière fois.

Il serrait les poings de rage. Il courait en zigzag, comme un lapin poursuivi. La notion de la distance elle-même, à cause de cet éclairage, était faussée. Et c'est ainsi qu'il vit soudain les pompes du garage à moins de cent mètres de lui.

Puis ce fut une forme humaine, tout près, une voix enrouée :

« Qu'est-ce qu'il y a?... »

Maigret s'arrêta net, furieux, humilié,

regarda M. Oscar des pieds à la tête, constata qu'il n'y avait pas de boue à ses pantoufles.

« Vous n'avez vu personne?...

— Sauf une voiture qui a demandé le chemin d'Avrainville... »

Le commissaire aperçut un feu rouge, sur la route nationale, dans la direction d'Arpajon.

« Qu'est-ce que c'est?

— Un camion pour les Halles.

— Il s'est arrêté?

— Le temps de prendre vingt litres... »

On devinait un remue-ménage du côté de l'auberge et le phare continuait à balayer le champ désert. Maigret avisa soudain la maison des Michonnet, traversa la route, sonna.

Un petit judas s'ouvrit.

« Qui est là?...

— Commissaire Maigret... Je voudrais parler à M. Michonnet... »

On tira une chaîne, deux verrous. Une clef tourna dans la serrure. Mme Michonnet parut, inquiète, bouleversée même, lança malgré elle des regards furtifs sur la route, dans les deux sens.

« Vous ne l'avez pas vu?

— Il n'est pas ici? grogna Maigret avec une lueur d'espoir.

— C'est-à-dire... Je ne sais pas... Je... On vient de tirer, n'est-ce pas?... Mais entrez donc! »

Elle avait une quarantaine d'années, un visage sans grâce, aux traits accusés.

« M. Michonnet est sorti un moment pour... »

Une porte était ouverte, à gauche, celle de la salle à manger. La table n'était pas desservie.

« Depuis combien de temps est-il parti?

— Je ne sais pas... Peut-être une demi-heure... »

Quelque chose remuait dans la cuisine.

« Vous avez une domestique?

— Non... C'est peut-être le chat... »

Le commissaire ouvrit la porte et vit M. Michonnet lui-même qui rentrait par la porte du jardin. Ses souliers étaient lourds de boue. Il s'épongeait.

Il y eut un silence, un moment de stupeur, pendant lequel les deux hommes se regardèrent.

« Votre arme! articula le policier.

— Mon...?

— Votre arme, vite! »

L'agent d'assurances lui tendit un petit revolver à barillet, qu'il prit dans une poche de son pantalon. Mais les six balles s'y trouvaient. Le canon était froid.

« D'où venez-vous?

— De là-bas...

— Qu'appelez-vous là-bas?

— N'aie pas peur, Émile!... On n'oserait pas te faire de mal!... intervint Mme Michonnet.

C'est trop fort, à la fin... Et mon beau-frère, qui est juge de paix à Carcassonne...

— Un moment, madame. Je parle à votre mari... Vous venez d'Avrainville... Qu'êtes-vous allé y faire?...

— Avrainville?... Moi?... »

Il tremblait. Il essayait en vain de faire bonne contenance. Mais sa stupeur ne semblait pas jouée.

« Je vous jure que je viens de là-bas, de la maison des Trois Veuves... Je voulais les surveiller moi-même, puisque...

— Vous n'êtes pas allé dans le champ?... Vous n'avez rien entendu?

— C'était un coup de feu?... Il y a quelqu'un de tué?... »

Ses moustaches pendaient. Il regarda sa femme comme un gosse regarde sa maman au moment du danger.

« Je vous jure, commissaire, je vous jure... »

Il frappa le sol du pied, tandis que deux larmes jaillissaient de ses paupières.

« C'est inouï! éclata-t-il. C'est ma voiture qu'on vole! C'est dans ma voiture qu'on met un cadavre! Et l'on refuse de me la rendre, à moi qui ai travaillé quinze ans pour me la payer!... Et c'est encore moi qu'on accuse de...

— Tais-toi, Émile!... Je vais lui parler, moi!... »

Mais Maigret ne lui en laissa pas le temps.

« Il n'y a pas d'autre arme dans la maison?

— Tout juste ce revolver que nous avons acheté quand nous avons fait construire la villa... Et encore! Ce sont toujours les balles que l'armurier a mises lui-même dedans...

— Vous venez de la maison des Trois Veuves?

— Je craignais qu'on ne vole à nouveau ma voiture... Je voulais faire mon enquête de mon côté... Je m'étais introduit dans le parc, ou plutôt j'avais grimpé sur le mur...

— Vous les avez vus?

— Qui?... Les deux?... Les Andersen?... Bien sûr!... Ils sont là, dans le salon... Ils se disputent depuis une heure...

— Vous êtes parti quand vous avez entendu le coup de feu?

— Oui... Mais je n'étais pas sûr que ce fût un coup de feu... Il me semblait seulement... J'étais inquiet...

— Vous n'avez vu personne d'autre?

— Personne... »

Maigret marcha vers la porte. Dès qu'il l'eut ouverte, il trouva M. Oscar qui s'avançait précisément vers le seuil.

« C'est votre collègue qui m'envoie, commissaire, pour vous dire que la femme est morte... Mon mécanicien est allé prévenir la gendarmerie d'Arpajon... Il ramènera un médecin... Vous permettez?... Je ne peux pas laisser le garage tout seul... »

On voyait toujours, à Avrainville, les phares blêmes qui éclairaient un pan de mur de l'auberge, des ombres qui se mouvaient autour d'une voiture.

4

LA PRISONNIÈRE

MAIGRET marchait lentement, tête basse, dans le champ où les blés commençaient à piqueter la terre de vert pâle.

C'était le matin. Il y avait du soleil et l'air était tout vibrant du chant d'oiseaux invisibles. Devant la porte de l'auberge, à Avrainville, Lucas attendait le Parquet en montant la garde près de l'auto qui avait amené Mme Goldberg et qui avait été louée par elle à Paris, place de l'Opéra.

La femme du diamantaire anversois était étendue sur un lit de fer, au premier étage. On avait jeté un drap sur son cadavre que le médecin, la nuit, avait à demi dévêtu.

Une belle journée d'avril commençait. Dans le champ même où Maigret, ébloui par les phares, avait en vain pourchassé l'assassin et où maintenant il avançait pas à pas, en suivant les traces de la nuit, deux paysans chargeaient dans une charrette des betteraves qu'ils retiraient

d'un tertre et les chevaux attendaient paisiblement.

· Les deux rangs d'arbres de la route nationale
coupaient le panorama. Les pompes à essence
rouges du garage éclataient dans le soleil.

Maigret fumait, lent, buté, peut-être maussade. Les empreintes relevées dans le champ
semblaient prouver que Mme Goldberg avait
été tuée d'une balle de carabine, car l'assassin
ne s'était pas approché à moins de trente mètres
de l'auberge.

C'étaient des empreintes peu caractéristiques
de chaussures sans clous, de pointure moyenne.
La piste décrivait un arc de cercle pour aboutir
au carrefour des Trois Veuves, à égale distance
à peu près de la maison des Andersen, de la
villa Michonnet et du garage.

Bref, cela ne prouvait rien! Cela n'apportait
aucun élément nouveau et Maigret, quand il
émergea sur la route, serrait un peu trop fort le
tuyau de sa pipe entre les dents.

Il vit M. Oscar sur son seuil, les mains dans
les poches d'un pantalon trop large, une expression béate sur son visage vulgaire.

« Déjà levé, commissaire?... » cria-t-il à travers la route.

Au même moment, une voiture s'arrêtait
entre le garage et Maigret. C'était la petite 5 CV
d'Andersen...

Le Danois était au volant, ganté, un chapeau

souple sur la tête, une cigarette aux lèvres. Il se découvrit.

« Vous permettez que je vous dise deux mots, commissaire ? »

La glace baissée, il poursuivit avec son habituelle correction :

« Je voulais de toute façon vous demander la permission de me rendre à Paris... J'espérais vous rencontrer par ici... Je vais vous dire ce qui m'y appelle... Nous sommes le 15 avril... C'est aujourd'hui que je touche le prix de mon travail chez Dumas et Fils... C'est aujourd'hui aussi que je dois payer mon terme... »

Il s'excusa d'un vague sourire.

« De bien mesquines nécessités, comme vous le voyez, mais des nécessités impérieuses... J'ai besoin d'argent... »

Il retira un instant son monocle noir pour mieux le caler dans l'orbite et Maigret détourna la tête, car il n'aimait pas rencontrer le regard fixe de son œil de verre.

« Votre sœur ?...

— Précisément... J'allais vous en parler... Est-ce trop vous demander de faire surveiller de temps en temps la maison ?... »

Trois voitures sombres montaient la côte venant d'Arpajon, tournaient à gauche dans la direction d'Avrainville.

« Qu'est-ce que c'est ?...

— Le Parquet... Mme Goldberg a été tuée

cette nuit, au moment où elle sortait d'une auto, en face de l'auberge... »

Maigret épiait ses réflexes. De l'autre côté de la route, M. Oscar faisait en face de son garage une balade paresseuse.

« Tuée !... » répéta Carl.

Et, avec une soudaine nervosité :

« Écoutez, commissaire !... Il faut que j'aille à Paris... Je ne peux pas rester sans argent, surtout le jour où les fournisseurs présentent leur facture... Mais je veux, dès que je reviendrai, aider à la découverte du coupable... Vous m'y autoriserez, n'est-ce pas ?... Je ne sais rien de précis... Mais je pressens... Comment dire ?... Je devine la trame de quelque chose... »

Il dut serrer le trottoir de plus près, parce qu'un camion, qui revenait de Paris, cornait pour réclamer le passage.

« Allez ! » lui dit Maigret.

Carl salua, prit encore le temps d'allumer une cigarette avant d'embrayer et le tacot descendit la côte, gravit lentement l'autre versant.

Trois voitures étaient arrêtées à l'entrée d'Avrainville et des silhouettes s'agitaient.

« Vous ne voulez pas prendre quelque chose ? »

Maigret fronça les sourcils en regardant le garagiste souriant, qui ne se décourageait pas de lui offrir à boire.

Tout en bourrant une pipe, il s'achemina vers la maison des Trois Veuves, dont les grands arbres étaient pleins de vols et de piaillements d'oiseaux. Il dut passer devant la villa des Michonnet.

Les fenêtres étaient ouvertes. Au premier étage, dans la chambre à coucher, on voyait Mme Michonnet, un bonnet sur la tête, occupée à secouer une carpette.

Au rez-de-chaussée, l'agent d'assurances, sans faux col, non rasé, les cheveux mal peignés, regardait la route d'un air à la fois lugubre et distant. Il fumait une pipe d'écume à tuyau de merisier. Quand il aperçut le commissaire, il feignit d'être très occupé à vider cette pipe et il évita de le saluer.

Quelques instants plus tard, Maigret sonnait à la grille de la maison Andersen. Il attendit en vain pendant dix minutes. Toutes les persiennes étaient fermées. On n'entendait aucun bruit, sinon le murmure continu des oiseaux qui transformaient chaque arbre en un monde en effervescence.

Il finit par hausser les épaules, examina la serrure, choisit un passe-partout qui fit jouer le pêne. Et, comme la veille, il contourna le bâtiment pour atteindre les portes-fenêtres du salon.

Il y frappa, n'obtint pas davantage de réponse. Alors il entra, têtu, grognon, jeta un regard au phonographe ouvert, muni d'un disque.

Pourquoi le fit-il tourner? Il n'aurait pas pu

le dire. L'aiguille grinça. Un orchestre argentin joua un tango tandis que le commissaire s'engageait dans l'escalier.

Au premier, la chambre d'Andersen était ouverte. Près d'une penderie, Maigret avisa une paire de chaussures qui venaient sans doute d'être cirées, car la brosse et la boîte de crème étaient encore à côté, tandis que le plancher était étoilé de boue pulvérisée.

Le commissaire avait relevé, sur un papier, le contour des empreintes découvertes dans le champ. Il compara. La similitude était absolue.

Et pourtant il n'eut pas un tressaillement. Il ne parut pas se réjouir. Il fumait toujours, aussi maussade qu'à son réveil.

Une voix féminine s'éleva.

« C'est toi?... »

Il hésita à répondre. Il ne voyait pas celle qui parlait. La voix venait de la chambre d'Else, dont la porte était close.

« C'est moi... » finit-il par articuler aussi confusément que possible.

Un silence assez long. Puis soudain :

« Qui est là?... »

Il était trop tard pour tricher.

« Le commissaire, qui est déjà venu hier... Je serais désireux de vous dire quelques mots, mademoiselle... »

Un silence encore. Maigret essayait de deviner ce qu'elle pouvait bien faire de l'autre côté

de cette porte que soulignait un mince filet de
soleil.

« Je vous écoute... dît-elle enfin.

— Vous seriez aimable de m'ouvrir la
porte... Si vous n'êtes pas habillée, je puis
attendre... »

Toujours ces silences crispants. Un petit rire.

« Vous me demandez une chose difficile,
commissaire.

— Pourquoi?

— Parce que je suis enfermée... Il faudra
donc que vous me parliez sans me voir...

— Qui vous a enfermée?

— Mon frère Carl... C'est moi qui le lui
demande quand il sort, tant j'ai peur des
rôdeurs... »

Maigret ne dit rien, tira son passe-partout de
sa poche et l'introduisit sans bruit dans la
serrure. Sa gorge se serrait un peu. Peut-être
des pensées troubles lui passaient-elles par la
tête?

Quand le pêne joua, d'ailleurs, il ne poussa
pas l'huis immédiatement et préféra annoncer :

« Je vais entrer, mademoiselle... »

Une impression étrange. Il était dans un
corridor sans soleil, aux murs ternes, et, soudain, il pénétrait dans un décor de lumière.

Les persiennes étaient closes. Mais les lattes
horizontales laissaient jaillir de larges faisceaux
de soleil.

Si bien que toute la chambre était un puzzle

d'ombre et de lumière. Les murs, les objets, le visage d'Else lui-même était comme découpés en tranches lumineuses.

A cela s'ajoutaient le parfum sourd de la jeune femme et d'autres détails imprécis : du linge de soie jeté sur une bergère, une cigarette orientale qui brûlait dans un bol de porcelaine, sur un guéridon de laque, Else, enfin, en peignoir grenat, étendue sur le velours noir du divan.

Elle regardait s'avancer Maigret avec, dans ses prunelles écarquillées, une stupeur amusée, mêlée peut-être d'une toute petite pointe d'effroi.

« Qu'est-ce que vous faites ?

— J'avais envie de vous parler. Veuillez m'excuser si je vous dérange... »

Elle rit, d'un rire de gamine. Une de ses épaules sortit du peignoir qu'elle remonta. Et elle restait couchée, blottie plutôt sur le divan qui, comme le décor tout entier, était zébré de soleil.

« Vous voyez... Je ne faisais pas grand-chose... Je ne fais jamais rien !...

— Pourquoi n'avez-vous pas accompagné votre frère à Paris ?

— Il ne veut pas. Il prétend que la présence d'une femme est gênante quand on traite des affaires...

— Vous ne quittez jamais la maison ?

— Si! pour me promener dans le parc...

— C'est tout?

— Il y a trois hectares... C'est assez pour me dégourdir les jambes, n'est-ce pas?... Mais asseyez-vous, commissaire... Cela m'amuse de vous voir ici en fraude...

— Que voulez-vous dire?

— Que mon frère fera une drôle de tête en rentrant... Il est plus terrible qu'une mère... Plus terrible qu'un amant jaloux!... C'est lui qui veille sur moi et vous vous rendez compte qu'il prend son rôle au sérieux...

— Je croyais que c'était vous qui vouliez être enfermée, par crainte des bandits...

— Il y a de ça aussi... Je me suis tellement habituée à la solitude que j'ai fini par avoir peur des gens... »

Maigret s'était assis dans une bergère, avait posé sur le tapis son chapeau melon. Et, chaque fois qu'Else le regardait, il détournait la tête, parce qu'il n'arrivait pas à s'accoutumer à ce regard-là.

La veille, elle n'avait été pour lui que mystérieuse. Dans la pénombre où il l'avait vue, presque hiératique, elle avait ressemblé à une héroïne de l'écran et l'entrevue avait gardé un caractère théâtral.

Maintenant, il cherchait à découvrir le côté humain de cet être, mais c'était autre chose qui le gênait : l'intimité, précisément, de leur tête-à-tête.

Dans la chambre parfumée, couchée comme elle l'était, en peignoir, balançant une mule au bout de son pied nu, et Maigret, entre deux âges, le visage un peu rouge, le melon posé par terre...

N'était-ce pas une estampe pour *La Vie parisienne?*

Assez gauchement, il remit sa pipe en poche, bien qu'elle ne fût pas vidée.

« En somme, vous vous ennuyez ici?

— Non... oui... je ne sais pas... Vous fumez la cigarette?... »

Elle lui désignait une boîte de la régie ottomane dont la bande portait le prix de 20,65 F et Maigret se souvint que le couple vivait avec deux mille francs par mois, que Carl était obligé d'aller toucher de l'argent une heure avant de payer son terme et ses fournisseurs.

« Vous fumez beaucoup?

— Une boîte ou deux par jour... »

Elle lui tendit un briquet finement ciselé, soupira en bombant la poitrine, ce qui échancra son corsage.

Mais le commissaire ne se hâtait pas de la juger. Il avait vu, dans la société qui hante les palaces, de fastueuses étrangères qu'un petit bourgeois eût prises pour des grues.

« Votre frère est sorti hier soir?

— Vous croyez?... Je l'ignore...

— Vous n'avez pas passé la soirée à vous disputer avec lui?... »

Elle montra ses dents magnifiques dans un sourire.

« Qui vous a dit cela?... C'est lui?... Nous nous disputons parfois, mais gentiment... Tenez. Hier, je lui reprochais de vous avoir mal reçu... Il est tellement sauvage!... Déjà quand il était tout jeune...

— Vous viviez au Danemark?...

— Oui, dans un grand château des bords de la Baltique... Un château très triste, tout blanc dans la verdure grise... vous connaissez le pays?... C'est lugubre!... Et pourtant, c'est beau... »

Son regard s'alourdissait de nostalgie. Son corps eut un frémissement voluptueux.

« Nous étions riches... Mais nos parents étaient très sévères, comme la plupart des protestants... Moi, je ne m'occupe pas de religion... Mais Carl est encore croyant... Un peu moins que son père, qui a perdu toute sa fortune parce qu'il s'entêtait dans ses scrupules... Carl et moi avons quitté le pays...

— Il y a trois ans?

— Oui... Pensez que mon frère était destiné à devenir un haut dignitaire de la Cour... Et le voilà obligé de gagner sa vie en dessinant d'affreux tissus... A Paris, dans les hôtels de second et même de troisième ordre, où nous avons dû descendre, il était atrocement malheureux... Il a eu le même précepteur que le prince héritier... Il a préféré s'enterrer ici...

— Et vous y enterrer en même temps.

— Oui... J'ai l'habitude... Au château de mes parents, j'étais prisonnière aussi. On écartait toutes celles qui eussent pu devenir mes amies, sous prétexte qu'elles étaient de trop basse naissance... »

Son expression de physionomie changea avec une curieuse soudaineté.

« Est-ce que vous croyez, questionna-t-elle, que Carl soit vraiment devenu... comment dire?... anormal?... »

Et elle se penchait, comme pour recueillir plus tôt l'opinion du commissaire.

« Vous craignez que?... s'étonna Maigret.

— Je n'ai pas dit ça! Je n'ai rien dit! Pardonnez-moi... Vous me faites parler... Je ne sais pas pourquoi j'ai une telle confiance en vous... Alors...

— Il est parfois étrange? »

Elle haussa les épaules avec lassitude, croisa les jambes, les décroisa, se leva, montrant un instant entre les pans du peignoir un éclair de chair.

« Que voulez-vous que je vous dise?... Je ne sais plus... Depuis cette histoire d'auto.... Pourquoi aurait-il tué un homme qu'il ne connaît pas?...

— Vous êtes sûre de ne jamais avoir vu Isaac Goldberg?...

— Oui... Il me semble.

— Vous n'êtes jamais allés tous deux à Anvers?...

— Nous nous y sommes arrêtés une nuit, en venant de Copenhague, voilà trois ans... Mais non! mon frère n'est pas capable de cela... S'il est devenu un peu bizarre, je suis persuadée que c'est à cause de son accident plus encore qu'à cause de notre ruine... Il était beau... Il l'est encore quand il porte son monocle... Mais autrement, n'est-ce pas?... Le voyez-vous embrassant une femme sans ce morceau de verre noir?... Cet œil fixe dans une chair rougeâtre... »

Elle frémit.

« C'est sûrement la principale raison pour laquelle il se cache...

— Mais il vous cache, par le fait!

— Qu'est-ce que cela peut faire?

— Vous êtes sacrifiée...

— C'est le rôle d'une femme, surtout d'une sœur... Ce n'est pas tout à fait la même chose en France.... Chez nous, comme en Angleterre, dans une famille, il n'y a que le fils aîné, l'héritier du nom, qui compte... »

Elle s'énervait. Elle fumait à bouffées plus courtes, plus denses. Elle marchait, tandis que se mouraient sur elle les rais de lumière.

« Non! Carl n'a pas pu tuer.... Il y a méprise... N'est-ce pas parce que vous l'avez compris que vous l'avez relâché?... A moins...

— A moins?...

— Vous ne l'avouerez quand même pas! Je sais que, faute de preuves suffisantes, il arrive à la police de remettre un prévenu en liberté, afin de le confondre plus sûrement par la suite... Ce serait odieux!... »

Elle écrasa sa cigarette dans le bol de porcelaine.

« Si nous n'avions pas choisi ce carrefour sinistre... Pauvre Carl qui cherchait la solitude!... Mais nous sommes moins seuls, commissaire, que dans le quartier le plus populeux de Paris!... En face, ces gens, ces petits bourgeois impossibles et ridicules qui nous épient... Elle surtout, avec son bonnet blanc le matin, son chignon de travers l'après-midi... Puis ce garage, un peu plus loin... Trois groupes, trois camps, dirai-je, à égale distance les uns des autres...

— Vous aviez des rapports avec les Michonnet?

— Non! L'homme est venu une fois, pour une assurance. Carl l'a éconduit...

— Et le garagiste?

— Il n'a jamais mis les pieds ici...

— C'est votre frère qui, le dimanche matin, a voulu fuir? »

Elle se tut un bon moment, tête basse, des roseurs aux joues.

« Non... soupira-t-elle enfin d'une voix à peine distincte.

— C'est vous?

— C'est moi... Je n'avais pas encore réfléchi. J'étais comme folle à l'idée que Carl avait pu commettre un crime... La veille, je l'avais vu tourmenté... Alors, je l'ai entraîné...

— Il ne vous a pas juré qu'il était innocent?

— Oui...

— Vous ne l'avez pas cru?

— Pas tout de suite.

— Et maintenant?... »

Elle prit son temps pour articuler en détachant toutes les syllabes :

« Je crois que, malgré tous ses malheurs, Carl est incapable, de son plein gré, de commettre une mauvaise action... Mais écoutez-moi, commissaire... Il ne va sans doute pas tarder à rentrer... S'il vous trouve ici, Dieu sait ce qu'il pensera... »

Elle eut un sourire où il y avait malgré tout de la coquetterie, sinon un rien de provocation.

« Vous le défendrez, n'est-ce pas?... Vous le tirerez de là?... Je vous serais tellement reconnaissante!... »

Elle lui tendait la main et, dans ce geste, le peignoir, une fois de plus, s'entrouvrait.

« Au revoir, commissaire... »

Il ramassa son chapeau, sortit obliquement.

« Vous pouvez refermer la porte, afin qu'il ne s'aperçoive de rien?... »

Quelques instants plus tard, Maigret descendait l'escalier, traversait le salon aux meubles disparates, gagnait la terrasse ruisselante des rayons déjà chauds du soleil.

Des autos bourdonnaient sur la route. La grille ne grinça pas tandis qu'il la refermait.

Comme il passait devant le garage, une voix gouailleuse lança :

« A la bonne heure! Vous n'avez pas peur, vous! »

C'était M. Oscar, faubourien et jovial, qui ajouta :

« Allons! décidez-vous à venir prendre quelque chose. Ces messieurs du Parquet sont déjà repartis. Vous avez bien une minute! »

Le commissaire hésita, grimaça parce qu'un mécanicien faisait grincer sa lime sur une pièce d'acier coincée dans un étau.

« Dix litres! criait un automobiliste arrêté près d'une des pompes. Il n'y a personne, là-dedans? »

M. Michonnet, qui n'était pas encore rasé et qui n'avait pas mis de faux col, se tenait debout dans son jardin minuscule, à regarder la route par-dessus le grillage.

« Enfin, s'écria M. Oscar en voyant Maigret disposé à le suivre. J'aime les gens sans façon, moi! Ce n'est pas comme l'aristo des Trois-Veuves!... »

5

L'AUTO ABANDONNÉE

« **P**AR ici, commissaire!... Ce n'est pas du luxe, hein!... Nous, on n'est que des ouvriers... »

Il poussa la porte de la maison située derrière le garage et l'on entra de plain-pied dans une cuisine qui devait servir de salle à manger, car il y avait encore sur la table les couverts du petit déjeuner.

Une femme en peignoir de crépon rose s'interrompit de frotter un robinet de cuivre.

« Approche, ma cocotte, que je te présente le commissaire Maigret!... Ma femme, commissaire!... Remarquez qu'elle pourrait se payer une bonne... Mais elle n'aurait plus rien à faire et elle s'ennuierait... »

Elle n'était ni laide ni jolie. Elle avait une trentaine d'années. Son déshabillé était commun, sans séduction, et elle restait toute gauche devant Maigret, à guetter son mari.

« Sers-nous l'apéritif, va!... Un export-cassis, commissaire?... Vous tenez à ce que je vous reçoive au salon?... Non?... Tant mieux! Je suis à la bonne franquette, moi!... pas vrai, ma cocotte?... Non!... pas ces verres-là!... Des grands verres! »

Il se renversa en arrière, sur sa chaise. Il portait une chemise rose, sans gilet, et il glissait ses mains dans la ceinture, sur son ventre rebondi.

« Excitante, la dame des Trois Veuves, hé?... Il ne faut pas trop le dire devant ma femme... Mais, entre nous, c'est un joli cadeau à faire à un homme... Seulement, il y a le frère... Qu'il dit!... Un chevalier de la triste figure, qui passe son temps à l'épier... On raconte même dans le pays que, quand il s'en va pour une heure, il l'enferme à double tour et qu'il fait la même chose toutes les nuits... Vous trouvez que ça ressemble à frère et sœur, vous, ça?... A votre santé!... Dis donc, ma cocotte, va dire à Jojo qu'il n'oublie pas de réparer le camion du type de Lardy... »

Maigret eut un mouvement vers la fenêtre, parce qu'il entendait un bruit de moteur qui lui rappelait le bruit d'une 5 CV.

« Ce n'est pas ça, commissaire!... Moi, je peux vous dire exactement, d'ici, les yeux fermés, ce qui se passe sur la route... Ce tatot-là... c'est celui de l'ingénieur de l'usine électrique... Vous attendez que notre aristo revienne?... »

Un réveille-matin, posé sur une étagère,

marquait onze heures. Par une porte ouverte, Maigret aperçut un corridor où il y avait un appareil mural de téléphone.

« Vous ne buvez pas... A votre enquête !.. Vous ne trouvez pas que c'est rigolo, cette histoire ?... L'idée de changer les voitures, et surtout de chiper la six cylindres à l'haricot d'en face !... Car c'est un haricot !... Je vous jure que nous sommes servis, en fait de voisins ! Ça m'a amusé de vous voir aller et venir depuis hier... Et surtout de vous voir regarder les gens de travers avec l'air de les soupçonner tous... Remarquez que j'ai un cousin de ma femme qui était de la police aussi... Brigade des jeux !... Il était tous les après-midi aux courses et, le plus marrant, c'est qu'il me passait des tuyaux... A votre santé !... Alors, ma cocotte, c'est fini ?...

— Oui... »

La jeune femme, qui venait de rentrer, fut un moment à se demander ce qu'elle allait faire.

« Allons ! trinque avec nous... Le commissaire n'est pas fier et ce n'est pas parce que tu as tes cheveux sur des bigoudis qu'il refusera de boire à ta santé...

— Vous permettez que je donne un coup de téléphone ? interrompit Maigret.

— C'est ça !... Tournez la manivelle... Si c'est pour Paris, on vous branche immédiatement... »

Il chercha d'abord dans l'annuaire le numéro de la maison Dumas et Fils, les fabricants de

tissus chez qui Carl Andersen devait toucher de
l'argent.

La conversation fut brève. Le caissier, qu'il
eut au bout du fil, confirma qu'Andersen avait
deux mille francs à encaisser ce jour-là, mais
ajouta qu'on ne l'avait pas encore vu rue du 4-
Septembre.

Quand Maigret revint dans la cuisine, M. Oscar se frottait ostensiblement les mains.

« Vous savez! j'aime mieux vous avouer que
ça me fait plaisir... Car, bien entendu, je
connais la musique!... Il arrive une histoire au
carrefour... Nous ne sommes que trois ménages
à habiter ici... Comme de juste, on nous
soupçonne tous les trois... Mais, si! Faites pas
l'innocent... J'ai compris que vous me regardiez
de travers et que vous hésitiez à venir trinquer
avec moi!... Trois maisons!... L'assureur a l'air
trop idiot pour être capable de commettre un
crime!... L'aristo est un monsieur qui en
impose!... Alors, il restait bibi, un pauvre diable
d'ouvrier qui a fini par s'installer patron, mais
qui ne sait pas causer... Un ancien boxeur! Si
vous demandez des renseignements sur moi à la
Tour Pointue, on vous dira que j'ai été ramassé
deux ou trois fois dans des rafles, parce que ça
me plaisait d'aller danser une java, rue de
Lappe, surtout du temps que j'étais boxeur...
Une autre fois, j'ai cassé la gueule à un agent
qui me cherchait des misères... A votre santé,
commissaire!...

— Merci...

— Vous n'allez pas refuser!... Un export-
cassis, ça n'a jamais fait de mal à personne...
Vous comprenez, moi, j'aime jouer franc jeu...
Ça m'embête que vous tourniez autour de mon
garage avec l'air de me regarder en dessous...
Pas vrai, ma cocotte?... Je ne te l'ai pas dit hier
au soir?... Le commissaire est là!... Eh bien,
qu'il entre!... qu'il cherche partout!... Qu'il me
fouille! Et qu'il avoue ensuite que je suis un
bon bougre franc comme l'or... Ce qui me
passionne, dans cette histoire, ce sont les
bagnoles... Car, au fond, c'est une affaire de
bagnoles... »

Onze heures et demie! Maigret se leva.

« Encore un coup de téléphone à donner... »

Le front soucieux, il demanda la Police
judiciaire, chargea un inspecteur d'envoyer le
signalement de la 5 CV d'Andersen à toutes les
gendarmeries, ainsi qu'aux frontières.

M. Oscar avait bu quatre apéritifs et ses joues
en étaient plus roses, ses yeux brillants.

« Je sais bien que vous allez refuser de
manger la blanquette de veau avec nous...
Surtout qu'ici on mange dans la cuisine... Bon!
Voilà le camion à Groslumeau qui revient des
Halles... Vous permettez, commissaire?... »

Il sortit. Maigret resta seul avec la jeune
femme, qui tournait une cuiller de bois dans
une casserole.

« Vous avez un joyeux mari!

— Oui... Il est gai...

— Et brutal à l'occasion, pas vrai?

— Il n'aime pas qu'on le contredise... Mais c'est un brave garçon...

— Un peu coureur? »

Elle ne répondit pas.

« Je parie qu'il fait de temps en temps une bombe carabinée...

— Comme tous les hommes... »

La voix devenait amère. On entendait les échos d'une conversation du côté du garage.

« Mets ça là!... Bon! oui... On te changera tes pneus arrière, demain matin... »

M. Oscar revint, exultant. On sentait qu'il avait envie de chanter, de faire le petit fou.

« Vrai! Vous ne voulez pas boulotter avec nous, commissaire?... On sortirait un vieux pinard de la cave. Qu'est-ce que t'as à faire une bobine comme ça, Germaine?... Ah! les femmes!... Ça ne peut jamais garder la même humeur pendant deux heures...

— Je dois regagner Avrainville! dit Maigret.

— Faut-il que je vous y conduise en voiture?... Il y en a pour une minute...

— Merci... Je préfère marcher... »

Dehors, Maigret tomba dans une atmosphère toute chaude de soleil et, sur le chemin d'Avrainville, il fut précédé par un papillon jaune.

A cent mètres de l'auberge, il rencontra le brigadier Lucas qui venait à sa rencontre.

« Eh bien?

— Comme vous le pensiez!... Le médecin a extrait la balle... C'est une balle de carabine...

— Rien d'autre?

— Si! on a des renseignements de Paris... Isaac Goldberg y est arrivé dans sa voiture, une Minerva carrossée en grand sport, avec laquelle il avait l'habitude de se déplacer et qu'il conduisait lui-même... C'est dans cette voiture qu'il a dû faire la route de Paris au carrefour...

— C'est tout?

— On attend des renseignements de la Sûreté belge. »

L'auto de grande remise au sortir de laquelle Mme Goldberg avait été tuée était repartie avec son chauffeur.

« Le corps?

— Ils l'ont emmené à Arpajon... Le juge d'instruction est inquiet... Il m'a recommandé de vous dire de faire diligence... Il craint surtout que les journaux de Bruxelles et d'Anvers ne donnent une publicité trop large à l'affaire... »

Maigret se mit à fredonner, pénétra dans l'auberge, alla s'asseoir à sa table.

« Il y a le téléphone?

— Oui! Mais il ne fonctionne pas entre midi et deux heures. Il est midi et demi... »

Le commissaire mangea sans rien dire et Lucas comprit qu'il était préoccupé. A plusieurs reprises, le brigadier essaya en vain d'amorcer la conversation.

C'était une des premières belles journées du printemps. Le repas fini, Maigret traîna sa chaise dans la cour, la planta près d'un mur, au milieu des poules et des canards, sommeilla une demi-heure au soleil.

Mais, à deux heures précises, il était debout, s'accrochait au téléphone.

« Allô!... La *P.J.*?... On n'a pas retrouvé la 5 CV?... »

Il se mit à tourner en rond dans la cour. Dix minutes plus tard, on le rappelait à l'appareil. C'était le quai des Orfèvres.

« Commissaire Maigret?... Nous recevons à l'instant un coup de téléphone de Jeumont... La voiture est là-bas... Elle a été abandonnée en face de la gare... On suppose que son occupant a préféré passer la frontière à pied ou en train... »

Maigret ne raccrocha qu'un instant, demanda la maison Dumas et Fils. On lui apprit que Carl Andersen ne s'était toujours pas présenté pour toucher ses deux mille francs.

***

Quand, vers trois heures, Maigret, flanqué de Lucas, passa près du garage, M. Oscar surgit de derrière une voiture et prononça joyeusement :

« Ça va, commissaire? »

Maigret ne répondit que d'un signe de la

main, continua sa route vers la maison des Trois Veuves.

Les portes et les fenêtres de la villa Michonnet étaient closes, mais, une fois de plus, on vit un rideau frémir à la fenêtre de la salle à manger.

On eût dit que la bonne humeur du garagiste avait encore contribué à renfrogner le commissaire, qui fumait à bouffées rageuses.

« Du moment qu'Andersen a pris la fuite... commença Lucas sur un ton de conciliation.

— Reste ici ! »

Il pénétra, comme le matin, dans le parc de la maison des Trois Veuves d'abord, puis dans la maison elle-même. Dans le salon, il renifla, regarda vivement autour de lui, distingua des traînées de fumée dans les angles.

Et il régnait une odeur de tabac non refroidi.

Ce fut instinctif. Il mit la main à la crosse de son revolver avant de s'engager dans l'escalier. Là, il perçut la musique d'un phonographe, reconnut le tango qu'il avait joué le matin.

Le son provenait de la chambre d'Else. Quand il frappa, le phono s'arrêta net.

« Qui est là ?

— Le commissaire... »

Un petit rire.

« Dans ce cas, vous connaissez la manœuvre pour entrer... Moi, je ne puis pas vous ouvrir... »

Le passe-partout servit encore. La jeune

femme était habillée. Elle portait la même robe noire que la veille, qui soulignait ses formes.

« C'est vous qui avez empêché mon frère de rentrer?

— Non! Je ne l'ai pas revu.

— Alors, son compte n'était sans doute pas prêt chez Dumas. Cela arrive arfois qu'il doive y retourner l'après-midi...

— Votre frère a tenté de franchir la frontière belge!... Tout me fait supposer qu'il y a réussi... »

Elle le regarda avec une stupeur non exempte d'incrédulité.

« Carl?

— Oui.

— Vous voulez m'éprouver, n'est-ce pas?

— Vous savez conduire?

— Conduire quoi?

— Une auto.

— Non! Mon frère n'a jamais voulu m'apprendre. »

Maigret n'avait pas retiré sa pipe de la bouche. Il gardait son chapeau sur la tête.

« Vous êtes sortie de cette chambre?

— Moi? »

Elle rit. Un rire franc, perlé. Et, plus que jamais, elle était parée de ce que les cinéastes américains nomment le *sex-appeal*.

Car une femme peut être belle et n'être pas séduisante. D'autres, aux traits moins purs,

6

éveillent sûrement le désir ou une nostalgie sentimentale.

Else provoquait les deux. Elle était à la fois femme et enfant. L'atmosphère, autour d'elle, était voluptueuse. Et pourtant, quand elle regardait quelqu'un dans les yeux, on était surpris de lui voir des prunelles limpides de petite fille.

« Je ne comprends pas ce que vous voulez dire.

— On a fumé, voilà moins d'une demi-heure, dans le salon du rez-de-chaussée.

— Qui?

— C'est ce que je vous demande.

— Et comment voulez-vous que je le sache?

— Le phono, ce matin, était en bas.

— Ce n'est pas possible!... Comment voulez-vous que... Dites!... Commissaire!... J'espère que vous ne me soupçonnez pas?... Vous avez un air étrange... Où est Carl?...

— Je vous répète qu'il a passé la frontière.

— Ce n'est pas vrai! Ce n'est pas possible! Pourquoi aurait-il fait ça?... Sans compter qu'il ne m'aurait pas laissée seule ici!... C'est fou!... Qu'est-ce que je deviendrais, sans personne?... »

C'était déroutant. Sans transition, sans grands gestes, sans éclats de voix, elle atteignait au pathétique. Cela venait des yeux. Un trouble inexprimable. Une expression de désarroi, de supplication.

« Dites-moi la vérité, commissaire!... Carl

n'est pas coupable, n'est-ce pas?... S'il l'était,
c'est qu'il serait devenu fou!... Je ne veux pas le
croire!... Cela me fait peur... Dans sa famille...

— Il y a des fous? »

Elle détourna la tête.

« Oui... Son grand-père... Il est mort d'une
crise de folie... Une de ses tantes est enfermée...
Mais pas lui!... Non! je le connais...

— Vous n'avez pas déjeuné?... »

Elle tressaillit, regarda autour d'elle, répliqua
avec étonnement :

« Non!

— Et vous n'avez pas faim?... Il est trois
heures.

— Je crois que j'ai faim, oui...

— Dans ce cas, allez déjeuner... Il n'y a plus
de raison pour que vous restiez enfermée...
Votre frère ne reviendra pas...

— Ce n'est pas vrai!... Il reviendra!... Ce
n'est pas possible qu'il me laisse seule...

— Venez... »

Maigret était déjà dans le corridor. Il avait les
sourcils froncés. Il fumait toujours. Il ne
quittait pas la jeune fille des yeux.

Elle le frôla en passant, mais il resta insen-
sible. En bas, elle parut plus déroutée.

« C'était toujours Carl qui me servait... Je ne
sais même pas s'il y a de quoi manger... »

Il y avait en tout cas une boîte de lait
condensé et un pain de fantaisie dans la cuisine.

« Je ne peux pas... Je suis trop nerveuse...

Laissez-moi!... Ou plutôt non! ne me laissez pas seule... Cette affreuse maison que je n'ai jamais aimée... Qu'est-ce que c'est, là-bas? »

A travers la porte vitrée, elle montrait un animal roulé en boule dans une allée du parc. Un vulgaire chat!

« J'ai horreur des bêtes! J'ai horreur de la campagne! C'est plein de bruits, de craquements qui me font sursauter... La nuit, toutes les nuits, il y a un hibou, quelque part, qui pousse d'affreux ululements... »

Les portes lui faisaient peur aussi, sans doute, car elle les regardait comme si elle se fût attendue à voir partout surgir des ennemis.

« Je ne dormirai pas seule ici... Je ne veux pas!

— Il y a le téléphone?

— Non!... Mon frère a pensé le faire placer... Mais c'est trop cher pour nous... Vous vous rendez compte?... Habiter une maison aussi vaste, avec un parc de je ne sais combien d'hectares, et ne pas pouvoir se payer le téléphone, ni l'électricité, ni même une femme de ménage pour les gros travaux!... C'est tout Carl!... Comme son père!... »

Et soudain elle se mit à rire, d'un rire nerveux.

C'était gênant, car elle ne parvenait pas à reprendre son sang-froid et, à la fin, tandis que sa poitrine était toujours secouée par cette hilarité, ses yeux étaient dévorés d'inquiétude.

« Qu'est-ce qu'il y a?... Qu'avez-vous vu de drôle?...

— Rien! Il ne faut pas m'en vouloir... Je pense à notre enfance, au précepteur de Carl, à notre château là-bas, avec tous les domestiques, les visites, les voitures attelées de quatre chevaux... Et ici!... »

Elle renversa la boîte à lait, alla coller son front à la vitre de la porte-fenêtre, fixant le perron brûlant de soleil.

« Je vais m'occuper de vous assurer un gardien pour ce soir...

— Oui, c'est cela... Non! je ne veux pas un gardien... Je veux que vous veniez vous-même, commissaire!... Autrement, j'aurai peur... »

Est-ce qu'elle riait? Est-ce qu'elle pleurait? Elle haletait. Tout son corps vibrait, des pieds à la tête.

On eût pu croire qu'elle se moquait de quelqu'un. Mais on eût pu croire aussi qu'elle était à deux doigts de la crise de nerfs.

« Ne me laissez pas seule...

— Il faut que je travaille.

— Mais puisque Carl s'est enfui!

— Vous le croyez coupable?

— Je ne sais pas! Je ne sais plus... S'il s'est enfui...

— Voulez-vous que je vous enferme à nouveau dans votre chambre?

— Non! Ce que je veux, dès que ce sera possible, demain matin, c'est m'éloigner de cette maison, de ce carrefour... Je veux aller à Paris, où il y a des gens plein les rues, de la vie qui coule... La campagne me fait peur... Je ne sais pas... »

Et soudain :

« Est-ce qu'on va arrêter Carl en Belgique?

— Un mandat d'extradition sera lancé contre lui.

— C'est inouï... quand je pense qu'il y a trois jours encore... »

Elle se prit la tête à deux mains, mit ses cheveux blonds en désordre.

Maigret était sur le perron.

« A tout à l'heure, mademoiselle. »

Il s'éloignait avec soulagement et pourtant il ne la quittait qu'à regret. Lucas faisait les cent pas sur la route.

« Rien de nouveau?

— Rien!... L'agent d'assurances est venu me demander si l'on allait bientôt lui rendre une voiture. »

M. Michonnet avait préféré s'adresser à Lucas plutôt qu'à Maigret. Et on le voyait dans son jardinet, qui épiait les deux hommes.

« Il n'a donc rien à faire?

— Il prétend qu'il ne peut pas aller visiter ses clients dans la campagne sans voiture... Il parle de nous réclamer des dommages-intérêts. »

Une auto de tourisme, contenant toute une

famille, et une camionnette étaient arrêtées devant les pompes à essence.

« Un qui ne se la foule pas, remarqua le brigadier, c'est le garagiste!... Il paraît qu'il gagne tout ce qu'il veut... Ça travaille jour et nuit, ce machin-là...

— Tu as du tabac? »

Ce soleil trop neuf qui tombait d'aplomb sur la campagne surprenait, accablait, et Maigret s'épongeant le front murmura :

« Je vais dormir une heure... Ce soir, on verra... »

Comme il passait devant le garage, M. Oscar l'interpella :

« Un petit coup de tord-boyau, commissaire?... Comme ça!... Sur le pouce, en passant!...

— Tout à l'heure! »

Des éclats de voix laissaient supposer que, dans la villa en pierre meulière, M. Michonnet se disputait avec sa femme.

6

LA NUIT DES ABSENTS

IL était cinq heures de l'après-midi quand Maigret fut réveillé par Lucas, qui lui apportait un télégramme de la Sûreté belge.

ISAAC GOLDBERG ÉTAIT SURVEILLÉ DEPUIS PLUSIEURS MOIS CAR SES AFFAIRES N'ÉTAIENT PAS D'UNE ENVERGURE CORRESPONDANT A SON TRAIN DE VIE STOP ÉTAIT SOUPÇONNÉ DE SE LIVRER SURTOUT AU TRAFIC DES BIJOUX VOLÉS STOP PAS DE PREUVE STOP VOYAGE EN FRANCE COÏNCIDE AVEC VOL DE DEUX MILLIONS DE BIJOUX COMMIS A LONDRES IL Y A QUINZE JOURS STOP LETTRE ANONYME AFFIRMAIT QUE LES BIJOUX ÉTAIENT A ANVERS STOP DEUX VOLEURS INTERNATIONAUX ONT ÉTÉ VUS Y FAISANT GROSSES DÉPENSES STOP CROYONS QUE GOLDBERG A RACHETÉ BIJOUX ET S'EST RENDU FRANCE POUR LES ÉCOULER STOP DEMANDEZ DESCRIPTION DES JOYAUX A SCOTLAND YARD.

Maigret, encore endormi, fourra le papier dans sa poche et questionna :

« Rien d'autre ?

— Non. J'ai continué à surveiller le carre-four. J'ai aperçu le garagiste en grande tenue et je lui ai demandé où il allait. Il paraît qu'il a l'habitude de dîner avec sa femme à Paris une fois la semaine et de se rendre ensuite au théâtre. Dans ces cas-là, il ne rentre que le lendemain, car il couche à l'hôtel...

— Il est parti ?

— A cette heure, il doit être parti, oui !

— Tu lui as demandé à quel restaurant il dînait ?

— L'Escargot, rue de la Bastille. Ensuite il va à l'Ambigu. Il dort à l'hôtel Rambuteau, rue de Rivoli.

— C'est précis ! grommela Maigret en se donnant un coup de peigne.

— L'agent d'assurances m'a fait dire par sa femme qu'il voudrait vous parler, ou plutôt vous causer, pour employer son langage.

— C'est tout ? »

Maigret pénétra dans la cuisine, où la femme de l'aubergiste préparait le repas du soir. Il avisa une terrine de pâté, coupa un gros quignon de pain et commanda :

« Une chopine de blanc, s'il vous plaît...

— Vous n'attendez pas le dîner ? »

Il dévora sans répondre son monstrueux sandwich.

Le brigadier l'observait avec une évidente envie de parler.

« Vous vous attendez à quelque chose d'important pour cette nuit, n'est-ce pas ?

— Heu !... »

Mais pourquoi nier ? Ce repas debout ne sentait-il pas la veillée d'armes ?

« J'ai réfléchi tout à l'heure. J'ai essayé de mettre de l'ordre dans mes idées. Ce n'est pas facile... »

Maigret le regardait paisiblement, tout en travaillant des mâchoires.

« C'est encore la jeune fille qui me déroute le plus. Tantôt il me semble que tout le monde qui l'entoure, garagiste, assureur et Danois, est coupable, sauf elle. Tantôt je suis prêt à jurer le contraire, à prétendre qu'elle est ici le seul élément venimeux... »

Il y eut de la gaieté dans les prunelles du commissaire, qui sembla dire :

« Va toujours ! »

« Il y a des moments où elle a vraiment l'air d'une jeune fille de l'aristocratie... Mais il y en a d'autres où elle me rappelle le temps que j'ai passé à la police des mœurs... Vous savez ce que je veux dire... Ces filles qui, avec un aplomb insensé, vous racontent une histoire invraisemblable ! Mais les détails sont si troublants qu'il ne semble pas qu'elles puissent les avoir inventés... On marche !... Puis, sous leur oreiller, on trouve un vieux roman et l'on aperçoit que c'est là-dedans qu'elles ont pris tous les éléments de leur récit... Des femmes qui mentent comme elles respirent, qui finissent peut-être par croire à leurs mensonges!...

— C'est tout?

— Vous pensez que je me trompe?

— Je n'en sais rien du tout!

— Remarquez que je ne pense pas toujours la même chose et que, le plus souvent, c'est la figure d'Andersen qui m'inquiète... Imaginez un homme comme lui, cultivé, racé, intelligent, se mettant à la tête d'une bande...

— Nous le verrons ce soir!

— Lui?... Mais puisqu'il a passé la frontière...

— Hum!

— Vous croyez que?...

— Que l'histoire est une bonne dizaine de fois plus compliquée que tu l'imagines... Et qu'il vaut mieux, pour ne pas s'éparpiller, ne retenir que quelques éléments importants.

« Tiens! Par exemple, que c'est M. Michonnet qui a porté plainte le premier et qu'il me fait venir chez lui ce soir...

« Ce soir où précisément le garagiste est à Paris... *Très ostensiblement!*...

« La Minerva de Goldberg a disparu. Retiens bien ça aussi! Et, comme il n'y en a pas beaucoup en France, ce n'est pas facile à passer au bleu...

— Vous croyez que M. Oscar?...

— Doucement!...   Contente-toi,   si   ça
t'amuse, de réfléchir sur ces trois jouets-là...

— Mais Else?...

— Encore? »

Et Maigret, s'essuyant la bouche, se dirigea
sur la grand-route. Un quart d'heure plus tard,
il sonnait à la porte de la villa des Michonnet et
ce fut le visage revêche de la femme qui
l'accueillit :

« Mon mari vous attend là-haut!

— Il est trop aimable... »

Elle ne s'aperçut pas de l'ironie de ces paroles
et précéda le commissaire dans l'escalier.
M. Michonnet était dans sa chambre à coucher,
près de la fenêtre dont on avait baissé le store.
Assis dans un fauteuil Voltaire, il avait les
jambes entourées d'un plaid et ce fut d'une voix
agressive qu'il questionna :

« Eh bien, quand me rendra-t-on une voiture?... Vous trouvez que c'est intelligent, vous,
de priver un homme de son gagne-pain?... Et,
pendant ce temps-là, vous faites la cour à la
créature d'en face, ou bien vous buvez des
apéritifs en compagnie du garagiste!... Elle est
jolie la police! Je vous le dis comme je le pense,
commissaire! Oui, elle est jolie!... Peu importe
l'assassin! Ce qu'il faut, c'est empoisonner les
honnêtes gens!... J'ai une voiture... Est-elle à
moi, oui ou non?... Je vous le demande!
Répondez!... Elle est à moi?... Bon! De quel
droit me la gardez-vous sous clef?...

— Vous êtes malade? questionna paisiblement Maigret avec un regard à la couverture
qui entourait les jambes de l'assureur.

— On le serait à moins! Je me fais de la bile!
Et moi, c'est sur les jambes que ça me tombe...
Une attaque de goutte!... J'en ai pour deux ou
trois nuits à rester dans ce fauteuil sans dormir... Si je vous ai fait venir, c'est pour vous
dire ceci : vous voyez dans quel état je suis!
Vous constatez l'incapacité de travail, surtout
sans voiture! Cela suffit... J'expliquerai votre
témoignage quand je demanderai au tribunal
des dommages-intérêts... Je vous salue, monsieur!... »

Tout cela était récité avec une crânerie
exagérée de primaire fort de son bon droit.
Mme Michonnet ajouta :

« Seulement, pendant que vous rôdez avec
des airs de nous épier, l'assassin, lui, court
toujours!... Voilà la justice!... Attaquer les
petits, mais respecter les gros!... »

— C'est tout ce que vous avez à me dire? »

M. Michonnet s'enfonça davantage dans son
fauteuil, l'œil dur. Sa femme marcha vers la
porte.

L'intérieur de la maison était en harmonie
avec la façade : des meubles en série, bien cirés,
bien propres, figés à leur place comme s'ils ne
servaient jamais.

Dans le corridor, Maigret s'arrêta devant un
appareil téléphonique d'ancien modèle fixé au

mur. Et, en présence de Mme Michonnet, outrée, il tourna la manivelle.

« Ici Police judiciaire, mademoiselle ! Pourriez-vous me dire si vous avez eu, cet après-midi, des communications pour le carrefour des Trois-Veuves ?... Vous dites qu'il y a deux numéros, le garage et la maison Michonnet ?... Bien !... Alors ?... Le garage a reçu une communication de Paris vers une heure et une autre vers cinq heures ? Et l'autre numéro ?... Une communication seulement... De Paris ?... Cinq heures cinq ?... Je vous remercie. »

Il regarda Mme Michonnet avec des yeux pétillant de malice, s'inclina :

« Je vous souhaite une bonne nuit, madame. »

Il ouvrit, en habitué, la grille de la maison des Trois Veuves, contourna le bâtiment, monta au premier étage.

Else Andersen, très agitée, vint au-devant de lui.

« Je vous demande pardon de vous avoir dérangé, commissaire ! Vous allez trouver que j'abuse... Mais je suis fébrile... J'ai peur, je ne sais pas pourquoi... Depuis notre conversation de tout à l'heure, il me semble que vous seul pouvez m'éviter des malheurs... Vous connaissez maintenant aussi bien que moi ce sinistre carrefour, ces trois maisons qui ont l'air de se lancer un défi... Est-ce que vous croyez aux pressentiments ? Moi, j'y crois, comme toutes les femmes... Je sens que cette nuit ne s'écoulera pas sans drame...

— Et vous me demandez à nouveau de veiller sur vous?

— J'exagère, n'est-ce pas?... Est-ce ma faute si j'ai peur?... »

Le regard de Maigret s'était arrêté sur un tableau représentant un paysage de neige, pendu de travers. Mais l'instant d'après, déjà, le commissaire se tournait vers la jeune fille qui attendait sa réponse.

« Vous ne craignez pas pour votre réputation?

— Est-ce que cela compte, quand on a peur?

— Dans ce cas, je reviendrai d'ici une heure... Quelques ordres à donner...

— Bien vrai?... Vous reviendrez?... C'est promis?... Sans compter que j'ai des tas de choses à vous dire, des choses qui ne me sont revenues que petit à petit à la mémoire...

— Au sujet?...

— Au sujet de mon frère... Mais cela ne signifie sans doute rien... Tenez! par exemple, je me souviens qu'après son accident d'aviation, le docteur qui l'a soigné a dit à mon père qu'il répondait de la santé physique du blessé, mais non de la santé morale... Je n'avais jamais réfléchi à cette phrase-là... D'autres détails... Cette volonté d'habiter loin de la ville, de vivre caché... Je vous dirai tout cela quand vous reviendrez... »

Elle lui sourit avec une reconnaissance mêlée d'un petit reste d'angoisse.

***

En passant devant la villa en pierre meulière, Maigret regarda machinalement la fenêtre du premier étage, qui se découpait en jaune clair dans l'obscurité. Sur le store lumineux se dessinait la silhouette de M. Michonnet assis dans son fauteuil.

A l'auberge, le commissaire se contenta de donner quelques ordres à Lucas, sans les expliquer.

« Tu feras venir une demi-douzaine d'inspecteurs que tu posteras autour du carrefour. T'assurer d'heure en heure, en téléphonant à l'Escargot, puis au théâtre, puis à l'hôtel, que M. Oscar est toujours à Paris... Faire suivre tous ceux qui pourraient sortir d'une des trois maisons...

— Où serez-vous?

— Chez les Andersen.

— Vous croyez que...?

— Rien du tout, vieux! A tout à l'heure ou à demain matin! »

La nuit était tombée. Tout en regagnant la grand-route, le commissaire vérifia le chargeur de son revolver et s'assura qu'il y avait du tabac dans sa blague.

Derrière la fenêtre des Michonnet, on voyait toujours l'ombre du fauteuil et le profil à moustaches de l'agent d'assurances.

Else Andersen avait troqué sa robe de velours noir contre son peignoir du matin et Maigret la trouva allongée sur le divan, fumant une cigarette, plus calme qu'à leur dernière entrevue, mais le front plissé par la réflexion.

« Si vous saviez comme cela me fait du bien de vous savoir là, commissaire !... Il y a des gens qui inspirent confiance dès le premier coup d'œil... Ils sont rares !... Pour ma part, en tout cas, j'ai rencontré peu de personnes avec qui je me sois sentie en sympathie... Vous pouvez fumer...

— Vous avez dîné ?...

— Je n'ai pas faim... Je ne sais plus comment je vis... Depuis quatre jours, exactement depuis cette affreuse découverte du cadavre dans l'auto, je pense, je pense... J'essaie de me faire une opinion, de comprendre...

— Et vous en arrivez à la conclusion que c'est votre frère qui est coupable ?

— Non... Je ne veux pas accuser Carl... D'autant plus que, même s'il était coupable dans le sens strict du mot, il n'aurait pu qu'obéir à un mouvement de folie... Vous avez choisi le plus mauvais fauteuil... Au cas où vous voudriez vous étendre, il y a un lit de camp dans la chambre voisine... »

Elle était calme et fébrile tout ensemble. Un

calme extérieur, volontaire, péniblement acquis. Une fébrilité qui perçait malgré tout à certains moments.

« Il y a déjà eu un drame, jadis, dans cette maison, n'est-il pas vrai?... Carl m'en a parlé évasivement... Il a eu peur de m'impressionner... Il me traite toujours en petite fille... »

Elle se pencha, dans un mouvement souple de tout le corps, pour laisser tomber la cendre de sa cigarette dans le bol de porcelaine placé sur le guéridon. Le peignoir s'écarta, comme le matin. Un instant, un sein fut visible, petit et rond. Ce ne fut qu'un éclair. Et pourtant Maigret avait eu le temps de distinguer une cicatrice dont la vue lui fit froncer les sourcils.

« Vous avez été blessée, autrefois!...

— Que voulez-vous dire? »

Elle avait rougi. Elle ramenait instinctivement sur sa poitrine les pans du peignoir.

« Vous portez une cicatrice au sein droit... »

Sa confusion fut extrême.

« Excusez-moi... dit-elle. Ici, j'ai l'habitude de vivre fort peu vêtue... Je ne croyais pas... Quant à cette cicatrice... Vous voyez! encore un détail qui me revient soudain à l'esprit... Mais c'est certainement une coïncidence... Quand nous étions encore des enfants, Carl et moi, nous jouions dans le parc du château et je me souviens que Carl reçut, un jour, une carabine, pour la Saint-Nicolas... Il devait avoir quatorze ans... C'est ridicule, vous allez en juger... Les premiers temps, il tirait à la cible... Puis, le lendemain d'une soirée passée au cirque, il a voulu jouer à Guillaume Tell... Je tenais un carton dans chaque main... La première balle m'a frappée à la poitrine... »

Maigret s'était levé. Il marchait vers le divan, le visage tellement impénétrable qu'elle le regarda s'approcher avec inquiétude, et que ses deux mains serrèrent le peignoir.

Mais ce n'est pas elle qu'il regardait. Il fixait le mur, au-dessus du meuble, à l'endroit où le paysage de neige était pendu maintenant dans une position rigoureusement horizontale.

D'un geste lent, il fit basculer le cadre, et il découvrit ainsi une excavation dans le mur, pas grande, pas profonde, formée seulement par l'absence de deux briques.

Dans cette excavation, il y avait un revolver automatique chargé de ses six balles, une boîte de cartouches, une clef et un flacon de véronal.

Else l'avait suivi des yeux, mais c'est à peine si elle s'était troublée. Un rien de rougeur aux pommettes. Un peu plus d'éclat dans les prunelles.

« Je vous aurais sans doute montré cette cachette tout à l'heure, commissaire...

— Vraiment? »

Tout en parlant, il poussait le revolver dans sa poche, constatait que la moitié des pastilles de véronal manquaient dans le tube, se dirigeait vers la porte où il essayait, dans la serrure, la clef qui s'adaptait parfaitement.

La jeune femme s'était levée. Elle ne se souciait plus de couvrir sa poitrine. Elle parlait, avec des gestes saccadés.

« Ce que vous venez de découvrir, c'est la confirmation de ce que je vous ai déjà dit... Mais vous devez me comprendre... Est-ce que je pouvais accuser mon frère?... Si je vous avais avoué, dès votre première visite, que je le considère depuis longtemps comme fou, vous auriez trouvé mon attitude scandaleuse... Et pourtant, c'est la vérité... »

Son accent, plus prononcé quand elle parlait avec véhémence, donnait de l'étrangeté à la moindre phrase.

« Ce revolver?...

— Comment vous expliquer?... Quand nous avons quitté le Danemark, nous étions ruinés... Mais mon frère était persuadé qu'avec sa culture il trouverait une situation brillante à Paris... Il n'a pas réussi... Son humeur n'en est devenue que plus inquiétante... Lorsqu'il a voulu nous enterrer ici, j'ai compris qu'il était sérieusement atteint... Surtout qu'il a prétendu m'enfermer chaque nuit dans ma chambre, sous prétexte que des ennemis pourraient nous attaquer!... Imaginez-vous ma situation, entre ces quatre murs, sans possibilité d'en sortir en cas d'incendie, par exemple, ou de toute autre catastrophe?... Je ne pouvais pas dormir!... J'étais angoissée comme dans un souterrain...

« Un jour qu'il était à Paris, j'ai fait venir un serrurier qui m'a fabriqué une clef de la chambre... Pour cela, comme il m'avait enfermée, j'ai dû passer par la fenêtre...

« C'était la liberté de mes mouvements assurée... Mais cela ne suffisait pas!... Carl avait des jours de demi-démence; souvent il parlait de nous détruire tous les deux plutôt que de subir la déchéance absolue...

« J'ai acheté un revolver, à Arpajon, lors d'un autre voyage de mon frère à Paris... Et, comme je dormais mal, je me suis munie de véronal...

« Vous voyez que c'est simple!... Il est méfiant... Il n'y a rien de plus méfiant qu'un homme qui a l'esprit dérangé et qui reste néanmoins assez lucide pour s'en rendre compte... La nuit, j'ai aménagé cette cachette...

— C'est tout? »

Elle fut surprise par la brutalité de cette question.

« Vous ne me croyez pas? »

Il ne répondit pas, marcha vers la fenêtre, l'ouvrit, écarta les persiennes et fut baigné par l'air frais de la nuit.

La route, sous lui, était comme une coulée d'encre qui, au passage des voitures, avait des reflets lunaires. On apercevait les phares très loin, à dix kilomètres de distance peut-être. Puis c'était soudain une sorte de cyclone, une aspiration d'air, un vrombissement, un petit feu rouge qui s'éloignait.

Les pompes à essence étaient éclairées. Dans la villa des Michonnet, une seule lumière, au premier, et toujours l'ombre chinoise du fauteuil et de l'agent d'assurances sur le store écru.

« Fermez la fenêtre, commissaire! »

Il se retourna. Il vit Else qui frissonnait, serrée dans sa robe de chambre.

« Est-ce que vous comprenez maintenant que je sois inquiète?... Vous m'avez amenée à tout vous dire... Et pourtant je ne voudrais pour rien au monde qu'il arrivât malheur à Carl!... Il m'a souvent répété que nous mourrions ensemble...

— Je vous prie de vous taire! »

Il épiait les bruits de la nuit. Pour cela, il attira son fauteuil jusqu'à la fenêtre, posa les pieds sur la barre d'appui.

« Puisque je vous dis que j'ai froid...

— Couvrez-vous!

— Vous ne me croyez pas?...

— Silence, sacrebleu! »

Et il se mit à fumer. Il y avait au loin de vagues rumeurs de ferme, une vache qui beuglait, des choses confuses qui remuaient. Au garage, au contraire, on entrechoquait des objets en acier, puis soudain on entendait vibrer le moteur électrique destiné au gonflage des pneus.

« Moi qui avais confiance en vous!... Et voilà que...

— Est-ce que, oui ou non, vous allez vous taire? »

Il avait deviné, derrière un arbre de la route, à proximité de la maison, une ombre qui devait être celle d'un des inspecteurs qu'il avait commandés.

« J'ai faim... »

Il se retourna avec colère, regarda en face la jeune femme qui faisait piètre figure.

« Allez chercher à manger!

— Je n'ose pas descendre... J'ai peur... »

Il haussa les épaules, s'assura que tout était calme dehors, se décida brusquement à gagner le rez-de-chaussée. Il connaissait la cuisine. Près du réchaud, il y avait un reste de viande froide, du pain et une bouteille de bière entamée.

Il monta le tout, posa les victuailles sur le guéridon, près du bol à cigarettes.

« Vous êtes méchant avec moi, commissaire... »

Elle avait l'air tellement petite fille! On la sentait près d'éclater en sanglots!

« Je n'ai pas le loisir d'être méchant ou gentil... Mangez!

— Vous n'avez pas faim?... Vous m'en voulez de vous avoir dit la vérité? »

Mais il lui tournait déjà le dos, regardait par la fenêtre. Mme Michonnet, derrière le store, était penchée sur son mari à qui elle devait faire prendre une potion, car elle tendait une cuiller vers son visage.

Else avait saisi un morceau de veau froid du bout des doigts. Elle le grignota avec plaisir. Puis elle se versa un verre de bière.

« C'est mauvais!... déclara-t-elle avec un haut-le-cœur. Mais pourquoi ne fermez-vous pas cette fenêtre?... J'ai peur... Vous n'avez donc pas de pitié?... »

Il la ferma soudain, avec humeur, examina Else des pieds à la tête, en homme qui va se fâcher.

C'est alors qu'il la vit pâlir, que les prunelles bleues se brouillèrent, qu'une main se tendit pour trouver un appui. Il eut juste le temps de se précipiter vers elle, de passer un bras derrière la taille qui ployait.

Doucement, il la laissa glisser sur le plancher, souleva les paupières pour regarder les yeux, saisit d'une main le verre à bière vide qu'il renifla et qui dégageait une odeur amère.

Il y avait une cuiller à café sur le guéridon. Il s'en servit pour desserrer les dents d'Else. Puis, sans hésiter, il enfonça cette cuiller dans la bouche, en touchant avec obstination le fond de la gorge et le palais.

Il y eut quelques contractions du visage. La poitrine fut soulevée par des spasmes.

Else était étendue sur le tapis. Une eau fluide lui coulait des paupières. Au moment où sa tête penchait de côté, elle eut un grand hoquet.

Grâce à la contraction provoquée par la cuiller, l'estomac se dégageait. Un peu de liquide jaunâtre tachait le sol et quelques gouttes perlaient sur le peignoir.

Maigret prit le broc d'eau de la toilette, en mouilla tout le visage.

Il ne cessait de se tourner vers la fenêtre avec impatience.

Et elle tardait à revenir à elle. Elle gémissait faiblement. Elle finit par soulever la tête.

Elle se dressa, confuse, encore vacillante, vit le tapis maculé, la cuiller, le verre à bière.

Alors elle sanglota, la tête dans les mains.

« Vous voyez que j'avais raison d'avoir peur !... Ils ont essayé de m'empoisonner. Et vous ne vouliez pas me croire !... Vous... »

Elle sursauta en même temps que Maigret.

Et tous deux restèrent un bon moment immobile à tendre l'oreille.

Un coup de feu avait éclaté, près de la maison, dans le jardin sans doute. Il avait été suivi d'un cri rauque.

Et, du côté de la route, un coup de sifflet strident se prolongeait. Des gens couraient. La grille était secouée. Par la fenêtre, Maigret distingua les lampes électriques de ses inspecteurs qui fouillaient l'obscurité. A cent mètres à peine, la fenêtre des Michonnet, et Mme Michonnet qui arrangeait un oreiller derrière la tête de son mari...

Le commissaire ouvrit la porte. Il entendait du bruit au rez-de-chaussée. C'était Lucas qui appelait :

« Patron!

— Qui est-ce?

— Carl Andersen... Il n'est pas mort... Vou-lez-vous venir?... »

Maigret se retourna, vit Else assise au bord du divan, les coudes sur les genoux, le menton entre les deux mains, regardant fixement devant elle, tandis que ses dents se serraient et que son corps était agité d'un tremblement convulsif.

7

LES DEUX BLESSURES

ON transporta Carl Andersen dans sa
chambre. Un inspecteur suivait, portant la
lampe du rez-de-chaussée. Le blessé ne râlait
pas, ne bougeait pas. Quand il fut étendu sur
son lit, seulement, Maigret se pencha sur lui,
constata qu'il avait les paupières entrouvertes.

Andersen le reconnut, parut moins accablé,
murmura en étendant la main vers celle du
commissaire :

« Else ?... »

Elle se tenait sur le seuil de sa chambre, les
yeux cernés, dans une attitude d'attente
anxieuse.

C'était assez impressionnant. Carl avait perdu
son monocle noir et, à côté de l'œil sain qui était
fiévreux, l'œil de verre gardait sa fixité artifi-
cielle.

L'éclairage au pétrole mettait partout du
mystère. On entendait des agents qui fouillaient
le parc et remuaient le gravier.

Quant à Else, c'est à peine si elle osa

s'avancer vers son frère, toute raide, quand Maigret le lui ordonna.

« Je crois qu'il est salement touché ! » fit Lucas à mi-voix.

Elle dut entendre. Elle le regarda, hésita à s'approcher davantage de Carl qui la dévorait des yeux, tentait de se soulever sur son lit.

Alors elle éclata en sanglots et sortit de la pièce en courant, rentra chez elle, se jeta, palpitante, sur son divan.

Maigret fit signe au brigadier de la surveiller, s'occupa du blessé, lui retira son veston, son gilet, avec des gestes d'homme qui a l'habitude de ces sortes d'aventures.

« Ne craignez rien... On est parti chercher un médecin... Else est dans sa chambre. »

Andersen se taisait, comme écrasé par une mystérieuse inquiétude. Il regardait autour de lui avec l'air de vouloir résoudre une énigme, surprendre quelque grave secret.

« Je vous interrogerai tout à l'heure... Mais... »

Le commissaire s'était penché vers le torse dénudé du Danois, fronçait les sourcils.

« Vous avez reçu deux balles... Cette blessure dans le dos est loin d'être fraîche... »

Et elle était affreuse ! Dix centimètres carrés de peau étaient arrachés. La chair était littéralement hachée, brûlée, boursouflée, plaquée de croûtes de sang coagulé. Cette plaie-là ne saignait plus, ce qui prouvait qu'elle remontait à plusieurs heures.

Par contre, une balle avait fraîchement écrasé l'omoplate gauche et, en lavant la plaie, Maigret fit tomber le plomb déformé qu'il ramassa.

Ce n'était pas une balle de revolver, mais une balle de carabine, comme celle qui avait tué Mme Goldberg.

« Où est Else ?... murmura le blessé qui parvenait à ne pas grimacer de douleur.

— Dans sa chambre... ne bougez pas... Vous avez vu votre dernier agresseur ?

— Non...

— Et l'autre ?... Où était-ce ?...

Le front se plissa. Andersen ouvrit la bouche pour parler mais y renonça avec lassitude, tandis que son bras gauche, d'un mouvement à peine esquissé, essayait d'expliquer qu'il n'était plus capable de parler.

^{*}

« Vos conclusions, docteur ?... »

C'était crispant de vivre dans cette demi-obscurité. Il n'y avait que deux lampes à pétrole dans la maison : une qu'on avait placée dans la chambre du blessé, l'autre chez Else.

En bas, on avait allumé une bougie, qui n'éclairait pas le quart du salon.

« A moins de complications imprévues, il s'en tirera... La blessure la plus grave est la première... Elle doit avoir été faite au début de l'après-midi, sinon à la fin de la matinée... Une balle de browning tirée à bout portant dans le dos. Rigoureusement à bout portant!... Je me demande même si le canon de l'arme ne touchait pas la chair... La victime a fait un faux mouvement... Le coup a dévié et les côtes sont à peu près seules atteintes... Des ecchymoses à l'épaule, aux bras, des égratignures aux mains et aux genoux doivent remonter au même moment...

— Et l'autre balle?...

— L'omoplate est fracassée. Il faut, dès demain, l'intervention d'un chirurgien... Je puis vous donner l'adresse d'une clinique de Paris... Il y en a une dans la région, mais, si le blessé a de l'argent, je conseille Paris...

— Il a pu circuler après le premier accident?

— C'est probable... Aucun organe vital n'étant atteint, ce n'est guère qu'une question de volonté, d'énergie... Je crains, par exemple, qu'il ne conserve toujours une épaule raide... »

Dans le parc, les agents n'avaient rien trouvé, mais ils s'étaient postés de telle sorte qu'au petit jour il fut possible d'organiser une battue minutieuse.

Quelques instants plus tard, Maigret était dans la chambre d'Andersen, qui le vit entrer avec soulagement.

« Else?...

— Chez elle, je vous l'ai déjà dit deux fois.

— Pourquoi? »

Et toujours cette inquiétude morbide, qui était sensible dans tous les regards du Danois, dans les crispations de ses traits.

« Vous ne vous connaissez pas d'ennemis?

— Non.

— Ne vous agitez pas... Racontez-moi seulement comment vous avez reçu la première balle... Allez doucement... Ménagez-vous...

— J'allais chez Dumas et Fils...

— Vous n'y êtes pas entré...

— Je voulais!... A la porte d'Orléans, un homme m'a fait signe d'arrêter ma voiture... »

Il demanda à boire, vida un grand verre d'eau, reprit en regardant le plafond :

« Il m'a dit qu'il était de la police. Il m'a même montré une carte que je n'ai pas regardée. Il m'a ordonné de traverser Paris et de gagner la route de Compiègne, en prétendant que je devais être confronté avec un témoin.

— Comment était-il?...

— Grand, coiffé d'un chapeau mou gris. Un peu avant Compiègne, la route nationale traverse une forêt... A un virage, j'ai senti un choc dans le dos... Une main a saisi le volant que je tenais, tandis qu'on me poussait hors de la voiture... J'ai perdu connaissance... Je suis revenu à moi dans le fossé... L'auto n'était plus là...

— Quelle heure était-il?

— Peut-être onze heures du matin... Je ne

sais pas... La montre de la voiture ne marche pas... Je suis entré dans le bois, pour me remettre et avoir le temps de réfléchir... J'avais des étourdissements... J'ai entendu des trains passer... J'ai fini par repérer une petite gare... A cinq heures, j'étais à Paris, où j'ai loué une chambre. Je me suis soigné, j'ai arrangé mes vêtements... Enfin, je suis venu ici...

— En vous cachant...

— Oui.

— Pourquoi?

— Je ne sais pas.

— Vous avez rencontré quelqu'un?

— Non! je suis entré par le parc, sans passer par la grand-route... Au moment où j'allais atteindre le perron, on a tiré un coup de feu... Je voudrais voir Else...

— Savez-vous qu'on a tenté de l'empoisonner? »

Maigret était loin de s'attendre à l'effet que provoquèrent ces paroles. Le Danois se redressa d'un seul effort, le fixa avidement, balbutia :

« C'est vrai?... »

Et il semblait joyeux, délivré d'un cauchemar.

« Je veux la voir, dites! »

Maigret gagna le couloir, trouva Else dans sa chambre, étendue sur le divan, les yeux vides, face à Lucas qui la surveillait d'un air buté.

« Voulez-vous venir?

— Qu'est-ce qu'il a dit? »

Elle restait peureuse, hésitante. Elle fit dans la chambre du blessé deux pas imprécis, puis se précipita vers Carl qu'elle étreignit en parlant dans sa langue.

Lucas était sombre, épiait Maigret.

« Vous vous y retrouvez, vous ? »

Le commissaire haussa les épaules et, plutôt que de répondre, donna des ordres...

« Tu t'assureras que le garagiste n'a pas quitté Paris... Tu téléphoneras à la Préfecture qu'on envoie un chirurgien demain à la première heure... Cette nuit même, si possible...

— Où allez-vous ?

— Je n'en sais rien. Quant à la surveillance autour du parc, qu'on la maintienne, mais elle ne donnera aucun résultat... »

Il gagna le rez-de-chaussée, descendit les marches du perron, arriva sur la grand-route, tout seul. Le garage était fermé, mais on voyait luire le disque laiteux des pompes à essence.

Il y avait de la lumière au premier étage de la villa Michonnet... Derrière le store, la silhouette de l'agent d'assurances était toujours à la même place.

La nuit était fraîche. Un brouillard ténu montait des champs, formait comme des vagues s'étirant à un mètre du sol. Quelque part vers Arpajon, il y avait un bruit grandissant de moteur et de ferraille. Cinq minutes plus tard, un camion automobile s'arrêtait devant le garage, klaxonnait.

Une petite porte s'ouvrit dans le rideau de fer, laissant voir l'ampoule électrique allumée à l'intérieur.

« Vingt litres ! »

Le mécanicien endormi manœuvra la pompe, sans que le chauffeur descendît de son siège haut perché. Le commissaire s'approcha, les mains dans les poches, la pipe aux dents.

« M. Oscar n'est pas rentré ?

— Tiens ! Vous êtes là ?... Non ! quand il va à Paris, il ne revient que le lendemain matin... »

Une hésitation, puis :

« Dis donc, Arthur, tu ferais bien de reprendre ta roue de rechange, qui est prête... »

Et le mécanicien alla chercher dans le garage une roue garnie de son pneu, la roula jusqu'au camion, la fixa péniblement à l'arrière.

La voiture repartit. Son feu rouge s'éteignit dans le lointain. Le mécanicien, en bâillant, soupira :

« Vous cherchez toujours l'assassin ?... A une heure pareille ?... Eh bien, moi, si l'on me laissait roupiller, je vous jure que je ne m'occuperais ni du quart ni du tiers !... »

Deux coups à un clocher. Un train empanaché de feu au ras de l'horizon.

« Vous entrez ?... Vous n'entrez pas ?... »

Et l'homme s'étirait, pressé de se recoucher.

Maigret entra, regarda les murs crépis à la chaux où pendaient à des clous des chambres à air rouges, des pneus de tous modèles, la plupart en mauvais état.

« Dites donc! Qu'est-ce qu'il va faire avec la roue que vous lui avez donnée?...

— Mais... la placer à son camion, pardi!

— Vous croyez?... Il roulera drôlement, son camion!... Car cette roue n'est pas du même diamètre que les autres. »

De l'inquiétude passa dans le regard de l'homme.

« Je me suis peut-être trompé... Attendez... Est-ce que par hasard je lui aurais donné la roue de la camionnette du père Mathieu?... »

Une détonation éclata. C'était Maigret qui venait de tirer dans la direction d'une des chambres à air accrochées au mur. Et la chambre à air se dégonflait tout en laissant échapper de petits sachets de papier blanc par la déchirure.

« Bouge pas, petit! »

Car le mécano, courbé en deux, s'apprêtait à foncer tête première.

« Attention... Je tire...

— Qu'est-ce que vous me voulez?

— Mains en l'air!... Plus vite!... »

Et il s'approcha vivement de Jojo, tâta ses poches, confisqua un revolver chargé de six balles.

« Va te coucher sur ton lit de camp... »

Du pied, Maigret referma la porte. Il comprit en regardant le visage piqueté de taches de rousseur du mécanicien que celui-ci ne se résignait pas à la défaite.

« Couche-toi. »

Il ne vit pas de corde autour de lui, mais il avisa un rouleau de fil électrique.

« Tes mains!... »

Comme Maigret devait lâcher son revolver, l'ouvrier eut un tressaillement, mais il reçut un coup de poing en plein visage. Le nez saigna. La lèvre grossit. L'homme poussa un râle de rage. Ses mains étaient liées et bientôt ses pieds étaient entravés de même.

« Quel âge as-tu?

— Vingt et un ans...

— Et d'où sors-tu? »

Un silence. Maigret n'eut qu'à montrer son poing.

« De la colonie pénitentiaire de Montpellier.

— A la bonne heure! Tu sais ce que contiennent ces petits sachets?

— De la drogue! »

La voix était hargneuse. Le mécano gonflait ses muscles dans l'espoir de faire éclater le fil électrique.

« Qu'est-ce qu'il y avait dans la roue de rechange?

— Je n'en sais rien...

— Alors, pourquoi l'as-tu donnée à cette voiture plutôt qu'à une autre?

— Je ne répondrai plus!

— Tant pis pour toi! »

Cinq chambres à air furent crevées coup sur coup, mais elles ne contenaient pas toutes de la cocaïne. Dans l'une, où une pièce recouvrait une longue déchirure, Maigret trouva des couverts en argent marqués d'une couronne de marquis. Dans une autre, il y avait de la dentelle et quelques bijoux anciens.

Le garage comportait dix voitures. Une seule fonctionna quand Maigret essaya de les mettre tour à tour en marche. Et alors, armé d'une clef anglaise, s'aidant à l'occasion d'un marteau, il s'occupa de démonter les moteurs, de cisailler les réservoirs à essence.

Le mécano le suivait des yeux en ricanant.

« C'est pas la marchandise qui manque, hein! » lança-t-il.

Le réservoir d'une 4 CV était bourré de titres au porteur. Il y en avait, au bas mot, pour trois cent mille francs.

« Ça vient du cambriolage du Comptoir d'Escompte?

— Peut-être bien!

— Et ces pièces de monnaie anciennes?

— Sais pas... »

C'était plus varié que l'arrière-boutique d'un brocanteur. Il y avait de tout : des perles, des billets de banque, des banknotes américaines et des cachets officiels qui devaient servir à confectionner de faux passeports.

Maigret ne pouvait tout démolir. Mais, en vidant les coussins avachis d'une conduite intérieure, il trouva encore des florins en argent, ce qui suffit à lui prouver que tout, dans ce garage, était truqué.

Un camion passa sur la route, sans s'arrêter. Un quart d'heure plus tard, un autre filait de même devant le garage et le commissaire fronça les sourcils.

Il commençait à comprendre le mécanisme de l'entreprise. Le garage était tapi au bord de la route nationale, à cinquante kilomètres de Paris, à proximité des grandes villes de province comme Chartres, Orléans, Le Mans, Châteaudun...

Pas de voisins, hormis les habitants de la maison des Trois Veuves et de la villa Michonnet.

Que pouvaient-ils voir ? Mille voitures passaient chaque jour. Cent d'entre elles, au moins, s'arrêtaient devant les pompes à essence. Quelques-unes entraient, pour une réparation. On vendait ou on échangeait des pneus, des roues garnies. Des bidons d'huile, des fûts de gasoil passaient de main en main.

Un détail surtout était intéressant : chaque soir, des camions de fort tonnage descendaient vers Paris, chargés de légumes pour les Halles. A la fin de la nuit, ou le matin, ils revenaient à vide.

A vide ?... N'étaient-ce pas eux qui, dans les paniers et les caisses à légumes, charriaient les marchandises volées ?

Cela pouvait constituer un service régulier, quotidien. Un seul pneu, celui qui contenait de la cocaïne, suffisait à démontrer l'importance du trafic, car il y avait pour plus de deux cent mille francs de drogue.

Et le garage, par surcroît, ne servait-il pas au maquillage des autos volées ?

Pas de témoins ! M. Oscar, sur le seuil, les deux mains dans les poches ! Des mécanos maniant des clefs anglaises ou des chalumeaux ! Les cinq pompes à essence, rouges et blanches, servant d'honnête devanture !

Le boucher, le boulanger, les touristes ne s'arrêtaient-ils pas comme les autres ?

Un coup de cloche au loin. Maigret regarda sa montre. Il était trois heures et demie.

« Qui est ton chef ? » questionna-t-il sans regarder son prisonnier.

L'autre ne répondit que par un rire silencieux.

« Tu sais bien que tu finiras par parler... C'est M. Oscar ?... Quel est son vrai nom ?...

— Oscar... »

Le mécano n'était pas loin de pouffer.

« M. Goldberg est venu ici ?

— Qui est-ce ?...

— Tu le sais mieux que moi ! Le Belge qui a été assassiné...

— Sans blague...

— Qui s'est chargé de *brûler* le Danois sur la route de Compiègne ?

— On a brûlé quelqu'un?... »

Il n'y avait pas de doute possible. La première impression de Maigret se confirmait. Il se trouvait en présence d'une bande de professionnels supérieurement organisée.

Il en eut une nouvelle preuve. Le bruit d'un moteur sur la route alla croissant, puis une voiture s'arrêta, dans un criaillement de freins, en face du volet de fer, tandis que le klaxon lançait un appel.

Maigret se précipita. Mais il n'avait pas encore ouvert la porte que l'auto démarrait à une telle vitesse qu'il n'en distingua même pas la forme.

Poings serrés, il revint vers le mécano.

« Comment l'as-tu averti?

— Moi?... »

Et l'ouvrier rigolait en montrant ses poignets entortillés de fil électrique.

« Parle!

— Faut croire que ça sent le roussi et que le camarade a le nez fin... »

Maigret en fut inquiet. Brutalement il renversa le lit de camp, précipitant Jojo par terre, car il était possible qu'il existât un contact permettant de déclencher au-dehors un signal avertisseur.

Mais il retourna le lit sans rien trouver. Il laissa l'homme sur le sol, sortit, vit les cinq pompes à essence éclairées comme d'habitude.

Il commençait à rager.

« Il n'y a pas de téléphone dans le garage?

— Cherchez!

— Sais-tu que tu finiras par parler?...

— Cause toujours!... »

Il n'y avait rien à tirer de ce gaillard qui était le type même de la crapule consciente et organisée. Un quart d'heure durant, Maigret arpenta en vain cinquante mètres de route, cherchant ce qui pouvait servir de signal.

Chez les Michonnet, la lumière du premier étage s'était éteinte. Seule la maison des Trois Veuves restait éclairée et l'on devinait de ce côté la présence des agents cernant le parc.

Une limousine passa en trombe.

« Quel genre d'auto a ton patron? »

L'aube se marquait, à l'est, par un brouillard blanchâtre qui dépassait à peine l'horizon.

Maigret fixa les mains du mécanicien. Ces mains ne touchaient aucun objet pouvant provoquer un déclic.

Un courant d'air frais arrivait par la petite porte ouverte dans le volet en tôle ondulée du garage.

Et pourtant, au moment où Maigret, entendant un bruit de moteur, marchait vers la route, voyait s'élancer une torpédo quatre places qui ne dépassait pas le trente à l'heure et semblait vouloir s'arrêter, une véritable pétarade éclata.

Plusieurs hommes tiraient et les balles crépitaient sur le volet ondulé.

On ne distinguait rien que l'éclat des phares,

et des ombres immobiles, des têtes plutôt, dépassant de la carrosserie. Puis le vrombissement de l'accélérateur...

Des vitres brisées...

C'était au premier étage de la maison des Trois Veuves. On avait continué à tirer de l'auto...

Maigret, aplati sur le sol, se redressa, la gorge sèche, la pipe éteinte.

Il était sûr d'avoir reconnu M. Oscar au volant de la voiture qui avait replongé dans la nuit.

8

LES DISPARUS

LE commissaire n'avait pas eu le temps de gagner le milieu de la route qu'un taxi apparaissait, stoppait, tous freins serrés, en face des pompes à essence. Un homme sautait à terre, se heurtait à Maigret.

« Grandjean!... grommela celui-ci.

— De l'essence, vite!... »

Le chauffeur de taxi était pâle de nervosité, car il venait de conduire à cent à l'heure une voiture faite pour le quatre-vingts tout au plus.

Grandjean appartenait à la brigade de la voie publique. Il y avait deux autres inspecteurs avec lui dans le taxi. Chaque poing serrait un revolver.

Le plein d'essence fut fait avec des gestes fébriles.

« Ils sont loin?

— Cinq kilomètres d'avance... »

Le chauffeur attendait l'ordre de repartir.

« Reste! commanda Maigret à Grandjean. Les deux autres continueront sans toi... »

Et il recommanda :

« Pas d'imprudence!... De toute façon, nous les tenons!... Contentez-vous de les talonner... »

Le taxi repartit. Un garde-boue décalé faisait un vacarme tout le long de la route.

« Raconte, Grandjean! »

Et Maigret écouta, tout en épiant les trois maisons, en tendant l'oreille aux bruits de la nuit et en surveillant le mécano prisonnier.

« C'est Lucas qui m'a téléphoné pour me faire surveiller le garagiste d'ici, M. Oscar... Je l'ai pris en filature à la porte d'Orléans... Ils ont copieusement dîné à l'Escargot, où ils n'ont parlé à personne, puis ils sont allés à l'Ambigu... Jusque-là, rien d'intéressant... A minuit, ils sortent du théâtre et je les vois se diriger vers la Chope-Saint-Martin... Vous connaissez... Au premier, dans la petite salle, il y a toujours quelques lascars... M. Oscar entre là-dedans comme chez lui... Les garçons le saluent, le patron lui serre la main, lui demande comment vont les affaires...

« Quant à la femme, elle est, elle aussi, comme un poisson dans l'eau.

« Ils s'installent à une table où il y avait déjà trois types et une poule... Un des types, je l'ai reconnu, est un tôlier des environs de la République... Un autre est marchand de bric-à-brac rue du Temple... Quant au troisième je ne sais pas, mais la poule qui était avec lui figure sûrement sur le registre de la police des mœurs...

« Ils se sont mis à boire du champagne, en rigolant. Puis ils ont réclamé des écrevisses, de la soupe à l'oignon, que sais-je? Une vraie bringue, comme ces gens-là savent en faire, en gueulant, en se donnant des tapes sur les cuisses, en poussant de temps en temps un couplet...

« Il y a eu une scène de jalousie, parce que M. Oscar serrait de trop près la poule et que sa femme la trouvait mauvaise... Ça s'est arrangé en fin de compte avec une nouvelle bouteille de champagne...

« De temps en temps, le patron venait trinquer avec ses clients et il a même offert sa tournée... Puis, vers trois heures, je crois, le garçon est venu dire qu'on demandait M. Oscar au téléphone...

« Quand il est revenu de la cabine, il ne rigolait plus. Il m'a lancé un sale coup d'œil, car j'étais le seul consommateur étranger à la bande... Il a parlé bas aux autres... Un beau gâchis!... Ils tiraient des têtes longues comme ça... La petite — je veux dire la femme de M. Oscar — avait les yeux cernés jusqu'au milieu des joues et buvait à plein verre pour se donner du cran...

« Il n'y en a qu'un qui a suivi le couple, celui que je ne connais pas, une espèce d'Italien ou d'Espagnol...

« Le temps qu'ils se fassent leurs adieux et se racontent leurs petites histoires et j'étais le

premier sur le boulevard. Je choisissais un taxi
pas trop toquard et j'appelais deux inspecteurs
qui travaillaient à la porte Saint-Denis...

« Vous avez vu leur voiture... Eh bien, ils ont
marché à cent à l'heure dès le boulevard Saint-
Michel. Ils se sont fait siffler au moins dix fois
sans se retourner... On avait de la peine à les
suivre... Le chauffeur du taxi — un Russe —
prétendait que je lui faisais bousiller son
moteur...

— Ce sont eux qui ont tiré?...

— Oui! »

Lucas avait eu le temps, après avoir entendu
la pétarade, de sortir de la maison des Trois
Veuves et de rejoindre le commissaire.

« Qu'est-ce que c'est?

— Le blessé?

— Il est plus faible. Je crois quand même
qu'il tiendra jusqu'au matin... Le chirurgien
doit arriver bientôt... Mais ici?... »

Et Lucas regardait le rideau de fer du garage
qui portait des traces de balles, le lit de camp où
le mécanicien était toujours prisonnier de ses
fils électriques.

« Une bande organisée, hein, patron?

— Et comment!... »

Maigret était plus soucieux que d'habitude.
Cela se marquait surtout par un léger tassement
des épaules. Ses lèvres avaient un drôle de pli
autour du tuyau de sa pipe.

« Toi, Lucas, tu vas tendre le filet... Télé-

phone à Arpajon, Étampes, Chartres, Orléans,
Le Mans, Rambouillet... Il vaut mieux que tu
regardes la carte... Toutes les gendarmeries
debout!... Les chaînes aux entrées des villes...
Ceux-là, on les tient... Que fait Else Andersen?...

— Je ne sais pas... Je l'ai laissée dans sa
chambre... Elle est très abattue...

— Sans blague! » riposta Maigret avec une
ironie inattendue.

Ils étaient toujours sur la route.

« D'où dois-je téléphoner?...

— Il y a un appareil dans le corridor de la
maison du garagiste... Commence par Orléans,
car ils doivent avoir déjà dépassé Étampes... »

De la lumière se fit dans une ferme isolée au
milieu des champs. Les paysans se levaient.
Une lanterne contourna un pan de mur, disparut et ce furent les fenêtres de l'étable qui
s'éclairèrent à leur tour.

« Cinq heures du matin... Ils commencent à
traire les vaches... »

Lucas s'était éloigné, forçait la porte de la
maison de M. Oscar à l'aide d'une pince ramas-
sée dans le garage.

Quant à Grandjean, il suivait Maigret sans se
rendre un compte exact de ce qui se passait.

« Les derniers événements sont simples
comme bonjour! grommela le commissaire... Il
n'y a que le commencement à éclaircir...

« Tiens! voilà là-haut un citoyen qui m'a

appelé tout exprès pour me faire constater qu'il était incapable de marcher. Il y a des heures qu'il se tient à la même place, immobile, rigoureusement immobile...

« Au fait, les fenêtres sont éclairées, pas vrai ? Et moi qui, tout à l'heure, cherchais le signal !... Tu ne peux pas comprendre... Les voitures qui passaient sans s'arrêter...

« Or, à ce moment-là, la fenêtre *n'était pas éclairée*... »

Maigret éclata de rire comme s'il découvrait quelque chose d'infiniment drôle.

Et soudain son compagnon lui vit tirer un revolver de sa poche, le braquer vers la fenêtre des Michonnet où l'on apercevait l'ombre d'une tête appuyée au dossier d'un fauteuil.

La détonation fut sèche comme un claquement de fouet. Elle fut suivie par la dégringolade de la vitre dont les morceaux s'écrasèrent dans le jardin.

Mais rien ne bougea dans la chambre. L'ombre garda exactement la même forme derrière le store de toile écrue.

« Qu'est-ce que vous avez fait ?

— Défonce la porte !... Ou plutôt sonne !... Cela m'étonnerait qu'on ne vînt pas ouvrir... »

On ne vint pas. On n'entendait aucun bruit à l'intérieur.

« Défonce ! »

Grandjean était costaud. Il prit son élan,

heurta par trois fois l'huis qui céda enfin, charnières arrachées.

« Doucement... Attention... »

Ils avaient chacun une arme à la main. Le commutateur de la salle à manger fut le premier tourné. Sur la table couverte d'une nappe à carreaux rouges, il y avait encore les assiettes sales du dîner et une carafe qui contenait un reste de vin blanc, Maigret le but, à même la carafe.

Dans le salon, rien! Des housses sur les fauteuils. Une atmosphère poisseuse de pièce jamais habitée.

Un chat fut seul à se sauver de la cuisine, aux murs de céramique blanche.

L'inspecteur regardait Maigret avec inquiétude. Ils s'engagèrent bientôt dans l'escalier, arrivèrent au premier étage où trois portes entouraient le palier.

Le commissaire ouvrit celle de la chambre en façade.

Un courant d'air, venant de la vitre brisée, agitait le store. Dans le fauteuil, ils virent une chose saugrenue, un manche à balai posé en travers, entouré à son sommet d'une boule de chiffons qui, dépassant le dossier du fauteuil, donnait, de l'extérieur, en ombre chinoise, l'impression d'une tête.

Maigret ne sourit même pas, ouvrit une porte de communication, éclaira une seconde chambre à coucher qui était vide.

Dernier étage. Une mansarde avec des pommes posées sur le plancher à deux ou trois centimètres les unes des autres et des chapelets de haricots verts pendus à la poutre. Une chambre qui devait être une chambre de bonne mais qui ne servait pas, car elle ne contenait qu'une vieille table de nuit.

Ils redescendirent. Maigret traversa la cuisine, gagna la cour. Elle était orientée à l'est et de ce côté grandissait le halo sale de l'aube.

Une petite remise... Une porte qui bougeait...

« Qui va là?... » tonna-t-il en brandissant son revolver.

Il y eut un cri d'effroi. La porte, qui n'était plus retenue de l'intérieur, s'ouvrit d'elle-même et l'on vit une femme qui tombait à genoux, qui clamait :

« Je n'ai rien fait!... Pardon!... Je... Je... »

C'était Mme Michonnet, les cheveux en désordre, les vêtements maculés du plâtre de la remise.

« Votre mari?

— Je ne sais pas!... Je jure que je ne sais rien!... Je suis assez malheureuse!... »

Elle pleurait. Toute sa chair abondante semblait s'amollir, s'écrouler. Son visage paraissait dix ans plus vieux que d'habitude, tuméfié par les larmes, décomposé par la peur.

« Ce n'est pas moi!... Je n'ai rien fait!... C'est cet homme, en face...

— Quel homme?...

— L'étranger... Je ne sais rien!... Mais c'est lui, vous pouvez en être sûr!... Mon mari n'est pas un assassin ni un voleur... Il a toute une vie d'honnêteté derrière lui!... C'est lui!... Avec son mauvais œil!... Depuis qu'il s'est installé au carrefour, tout va mal... Je... »

Un poulailler était plein de poules blanches, qui picoraient le sol couvert de beaux grains jaunes de maïs. Le chat s'était juché sur un appui de fenêtre et ses yeux luisaient dans la demi-obscurité.

« Relevez-vous...

— Qu'est-ce que vous allez me faire?... Qui a tiré?... »

C'était pitoyable. Elle avait près de cinquante ans et elle pleurait comme une enfant. Elle était désemparée. Au point que, quand elle fut debout et que Maigret, d'un geste machinal, lui tapota l'épaule, elle se jeta presque dans ses bras, posa en tout cas sa tête sur la poitrine du commissaire, se raccrocha aux revers de son veston en gémissant :

« Je ne suis qu'une pauvre femme, moi!... j'ai travaillé toute ma vie!... Quand je me suis mariée, j'étais caissière dans le plus grand hôtel de Montpellier... »

Maigret l'écartait, mais ne pouvait mettre fin à ces confidences plaintives.

« J'aurais mieux fait de rester comme j'étais... Car on me considérait... Quand je suis partie, je me souviens que le patron, qui avait

de l'estime pour moi, m'a dit que je regretterais
sa maison...

« Et c'est vrai!... J'ai trimé plus dur que
jamais... »

Elle fondait à nouveau. La vue de son chat
ranima sa détresse.

« Pauvre Mitsou!... Tu n'y es pour rien non
plus, toi!... Et mes poules, mon petit ménage,
ma maison!... Tenez! je crois, commissaire, que
je serais capable de tuer cet homme-là, s'il était
devant moi!... Je l'ai senti le premier jour que je
l'ai vu... Rien que son œil noir...

— Où est votre mari?...

— Est-ce que je sais?

— Il est parti hier au soir de bonne heure,
n'est-ce pas? Exactement après la visite que je
lui ai faite!... Il n'était pas plus malade que
moi... »

Elle ne savait que répondre. Elle regardait
vivement autour d'elle comme pour chercher
un appui.

« C'est vrai qu'il a la goutte...

— Mlle Else est déjà venue ici?

— Jamais! s'écria-t-elle avec indignation. Je
ne veux pas de pareilles créatures chez moi...

— Et M. Oscar?

— Vous l'avez arrêté?

— Presque!

— Il ne l'a pas volé non plus... Mon mari
n'aurait jamais dû voir des gens qui ne sont pas
de notre monde, qui n'ont aucune éducation...

Ah! si seulement on écoutait les femmes...
Dites! qu'est-ce que vous croyez qu'il va se
passer?... J'entends des coups de feu tout le
temps... S'il arrivait quelque chose à Michonnet, il me semble que je mourrais de honte!...
Sans compter que je suis trop vieille pour me
remettre à travailler...

— Rentrez chez vous...

— Qu'est-ce que je dois faire?

— Buvez quelque chose de chaud... Attendez. Dormez si vous le pouvez...

— Dormir?... »

Et, sur ce mot, ce fut un nouveau déluge, une
crise de larmes, mais qu'elle dut achever toute
seule, car les deux hommes étaient sortis.

Maigret revint pourtant sur ses pas, décrocha
le récepteur téléphonique.

« Allô! Arpajon?... Police!... Voulez-vous me
dire quelle communication a été demandée par
la ligne que j'occupe, au cours de la nuit? »

Il fallut attendre quelques minutes. Enfin il
eut la réponse.

« *Archives* 27-45... C'est un grand café de la
porte Saint-Martin...

— Je sais... Vous avez eu d'autres communications du carrefour des Trois-Veuves?...

— A l'instant... Du garage, on me demande
des gendarmeries...

— Merci! »

Quand Maigret rejoignit l'inspecteur Grandjean sur la route, une pluie fine comme un

brouillard commençait à tomber. Le ciel, néanmoins, devenait laiteux.

« Vous vous y retrouvez, vous, commissaire?

— A peu près...

— Cette femme joue la comédie, n'est-ce pas?

— Elle est tout ce qu'il y a de plus sincère...

— Pourtant... son mari...

— Celui-là, c'est une autre paire de manches. Un honnête homme qui a mal tourné. Ou, si tu préfères, une canaille qui était née pour faire un honnête homme... Il n'y a rien de plus compliqué!... Ça se ronge pendant des heures pour découvrir un moyen de s'en tirer... Ça imagine des complications inouïes... Ça vous joue un rôle à la perfection... Par exemple, il reste à savoir ce qui, à un moment donné de son existence, l'a décidé à s'établir canaille, si je puis dire... Enfin reste à savoir aussi ce qu'il a bien pu imaginer pour cette nuit... »

Et Maigret bourra une pipe, s'approcha de la grille des Trois Veuves. Il y avait un agent en faction.

« Rien de nouveau?

— Je crois qu'on n'a rien trouvé... Le parc est cerné... Néanmoins, on n'a vu personne... »

Les deux hommes contournèrent le bâtiment qui devenait jaunâtre dans le clair-obscur et dont les détails d'architecture commençaient à se dessiner.

Le grand salon était exactement dans le

même état que lors de la première visite de Maigret : le chevalet portait toujours l'ébauche d'une tapisserie à grandes fleurs cramoisies. Un disque, sur le phonographe, renvoyait deux reflets en forme de diabolo. Le jour naissant pénétrait dans la pièce à la manière d'une vapeur aux étirements irréguliers.

Les mêmes marches d'escalier craquèrent. Dans sa chambre, Carl Andersen, qui râlait avant l'arrivée du commissaire, se tut dès qu'il l'aperçut, dompta sa douleur mais non son inquiétude, balbutia :

« Où est Else ?

— Dans sa chambre.

— Ah !... »

Cela parut le rassurer. Il soupira, tâta son épaule, avec un plissement du front.

« Je crois que je n'en mourrai pas... »

C'était son œil de verre qui était le plus pénible à regarder, parce qu'il ne participait pas à la vie du visage. Il restait net, limpide, grand ouvert, alors que tous les muscles étaient en mouvement.

« J'aime mieux qu'elle ne me voie pas ainsi... Est-ce que vous croyez que mon épaule se remettra ?... A-t-on averti un bon chirurgien ?... »

Lui aussi devenait enfant, comme Mme Michonnet, sous le coup de l'angoisse. Son regard implorait. Il demandait à être rassuré. Mais ce qui semblait l'absorber le plus, c'était son

physique, les traces que les événements pourraient laisser sur son aspect extérieur.

Par contre, il faisait preuve d'une volonté
extraordinaire, d'une faculté remarquable de
surmonter la douleur. Maigret, qui avait vu ses
deux blessures, appréciait en connaisseur.

« Vous direz à Else...

— Vous ne voulez pas la voir?

— Non! Il vaut mieux pas... Mais dites-lui
que je suis ici, que je guérirai, que... que j'ai
toute ma lucidité, qu'elle doit avoir confiance...
Répétez-lui ce mot : confiance!... Qu'elle lise
quelques versets de la Bible... L'histoire de Job,
par exemple... Cela vous fait sourire, parce que
les Français ne connaissent pas la Bible...
Confiance!... « *Et toujours je reconnaîtrai les
miens* » C'est Dieu qui parle... Dieu qui recon-
naît les siens... Dites-lui cela!... Et aussi : « ... *Il
y a plus de joie au ciel pour...* » Elle compren-
dra... Enfin : « ... *Le juste est éprouvé neuf fois
par jour...* »

Il était inouï. Blessé, souffrant dans sa chair,
couché entre deux policiers, c'était avec sérénité
qu'il criait des textes des saintes Écritures.

« Confiance!... Vous le lui direz, n'est-ce
pas?... Parce qu'il n'y a pas d'exemple que
l'innocence... »

Il fronça les sourcils. Il avait surpris un
sourire qui errait sur les lèvres de l'inspecteur
Grandjean. Et alors il murmura entre ses dents,
pour lui-même :

« *Franzose!...* »

Français! Autrement dit incroyant! Autrement dit sceptique, esprit léger, frondeur, impénitent!

Découragé, il se retourna sur sa couche, face au mur qu'il fixa de son seul œil vivant.

« Vous lui direz... »

Seulement, quand Maigret et son compagnon poussèrent la porte de la chambre d'Else, ils ne virent personne.

Une atmosphère de serre chaude! Un nuage opaque de cigarettes blondes. Et une ambiance féminine à couper au couteau, à affoler un collégien et même un homme!

Mais personne!... La fenêtre était fermée... Else n'était pas partie par là...

Le tableau cachant l'excavation dans le mur, le flacon de bromure, la clef et le revolver, était à sa place...

Maigret le fit basculer. Le revolver manquait.

« Mais ne me regarde donc pas comme ça, sacrebleu! »

Et Maigret, tout en lançant cette apostrophe, avait un regard excédé à l'inspecteur qui était sur ses talons et qui le contemplait avec une admiration béate.

A cet instant, le commissaire serra si fort les

dents sur le tuyau de sa pipe qu'il le fit éclater et que le fourneau roula sur le tapis.

« Elle s'est enfuie?

— Tais-toi!... »

Il était furieux, injuste. Grandjean, estomaqué, se tint aussi immobile que possible.

Il ne faisait pas encore jour. Toujours cette vapeur grise qui flottait à ras du sol mais qui n'éclairait pas. L'auto du boulanger passa sur la route, une vieille Ford dont les roues avant zigzaguaient sur le bitume.

Maigret, soudain, se dirigea vers le corridor, descendit l'escalier en courant. Et, au moment précis où il atteignait le salon dont deux baies étaient larges ouvertes sur le parc, il y eut un cri épouvantable, un cri de mort, un ululement, une plainte de bête en détresse.

C'était une femme qui criait et dont la voix n'arrivait qu'étouffée par quelque obstacle insoupçonnable.

C'était très loin ou très près. Cela pouvait venir de la corniche. Cela pouvait venir de dessous la terre.

Et l'impression d'angoisse était telle que l'homme de garde à la poterne accourut, le visage défait.

« Commissaire!... Vous avez entendu?...

— Silence, n... de D...! » hurla Maigret au comble de l'exaspération.

Il n'avait pas achevé qu'un coup de feu éclatait, mais tellement assourdi que nul n'eût pu dire si c'était à gauche, à droite, dans le parc, dans la maison, dans le bois ou sur la route.

Après, il y eut des bruits de pas dans l'escalier. On vit Carl Andersen qui descendait, tout raide, une main sur la poitrine, et qui lançait comme un fou :

« C'est elle!... »

Il haletait. Son œil de verre restait immobile. On ne pouvait savoir qu'il fixait de l'autre prunelle écarquillée.

9

LES HOMMES EN RANG

IL y eut un flottement de quelques secondes, le temps, à peu près, de laisser mourir dans l'air les derniers échos de la détonation. On en attendait une autre. Carl Andersen avançait, atteignait une allée couverte de gravier.

Ce fut un des agents qui montaient la garde dans le parc qui se précipita soudain vers le potager, au milieu duquel se dressait la margelle d'un puits, surmontée d'une poulie. Il s'était à peine penché qu'il se rejetait en arrière, lançait un coup de sifflet.

« Emmène-le de gré ou de force! » cria Maigret à l'adresse de Lucas, en désignant le Danois titubant.

Et tout se passa à la fois, dans l'aube confuse. Lucas fit signe à l'un de ses hommes. A deux, ils s'approchèrent du blessé, parlementèrent un instant et, comme Carl ne voulait rien entendre, le renversèrent et l'emportèrent, tout gigotant, râlant des protestations.

Maigret atteignait le puits, se voyait arrêter par l'agent qui lui criait :

« Attention !... »

Et, de fait, une balle passait en sifflant, tandis que la détonation souterraine se prolongeait par de longues vagues de résonance.

« Qui est-ce ?...

— La jeune fille... Et un homme... Ils se battent en corps à corps... »

Prudemment, le commissaire s'approcha. Mais on n'y voyait à peu près rien.

« Ta lampe... »

Il n'eut que le temps de se faire une idée sommaire de ce qui se passait, car une balle faillit briser la lampe électrique.

L'homme, c'était Michonnet. Le puits n'était pas profond. Par contre, il était large, sans eau.

Et ils étaient deux là-dedans, à se battre. Autant qu'on en pouvait juger, l'agent d'assurances tenait Else à la gorge comme pour l'étrangler. Elle avait un revolver à la main. Mais cette main, il l'étreignait aussi, dirigeait ainsi le tir à son gré.

« Qu'allons-nous faire ? » questionna l'inspecteur.

Il était bouleversé. Un râle montait parfois. C'était Else qui étouffait, qui se débattait désespérément.

« Michonnet, rendez-vous !... » articula Maigret par acquit de conscience.

L'autre ne répondit même pas, tira en l'air et

alors le commissaire n'hésita plus. Le puits avait trois mètres de profondeur. Brusquement, Maigret sauta, tomba littéralement sur le dos de l'assureur, non sans écraser une des jambes d'Else.

Ce fut la confusion absolue. Une balle partit encore, érafla le mur du puits, alla se perdre dans le ciel, tandis que le commissaire, par prudence, frappait comme un sourd, de ses deux poings, le crâne de Michonnet.

Au quatrième coup, l'agent d'assurances lui lança un regard d'animal blessé, vacilla, tomba en travers, l'œil poché, la mâchoire démantibulée.

Else, qui se tenait la gorge à deux mains, faisait des efforts pour respirer.

C'était à la fois tragique et loufoque, cette bataille au fond d'un puits, dans une odeur de salpêtre et de vase, dans la demi-obscurité.

Plus loufoque l'épilogue : Michonnet, qu'on remonta avec la corde de la poulie, tout mou, tout flasque, et gémissant; Else, que Maigret hissa à bout de bras et qui était sale, avec sa robe de velours noir couverte de grandes plaques de mousse verdâtre.

Ni elle ni son adversaire n'avaient perdu complètement connaissance. Mais ils étaient brisés, écœurés, comme ces clowns qu'on voit parodier un combat de boxe et qui, couchés l'un sur l'autre, continuent à donner des coups imprécis dans le vide.

Maigret avait ramassé le revolver. C'était celui d'Else, qui manquait dans la cachette de la chambre. Il y restait une balle.

Lucas arrivait de la maison, le front soucieux, soupirait en regardant ce spectacle :

« J'ai dû faire lier l'autre sur son lit... »

L'agent tamponnait d'un mouchoir imbibé d'eau le front de la jeune fille. Le brigadier questionnait :

« D'où sortent-ils, ces deux-là ? »

Il avait à peine fini de parler qu'on voyait Michonnet, qui n'avait même plus l'énergie de se tenir debout, se jeter néanmoins sur Else, le visage décomposé par la fureur. Il n'eut pas le temps de l'atteindre. Du pied, Maigret l'envoya rouler à deux mètres de lui, tonna :

« C'est fini, hein, cette comédie !... »

Il fut pris de fou rire, tant l'expression de physionomie de l'assureur était comique. Il faisait penser à ces gosses rageurs qu'on emporte sous le bras en leur donnant la fessée et qui continuent à s'agiter, à hurler, à pleurer, à essayer de mordre et de frapper, sans s'avouer leur impuissance.

Car Michonnet pleurait ! Il pleurait et grimaçait ! Il menaçait même, du poing !

Else était enfin debout, se passait la main sur le front.

« J'ai bien cru que ça y était ! soupira-t-elle avec un pâle sourire. Il serrait tellement fort... »

Elle avait une joue noire de terre, de la boue

dans ses cheveux en désordre. Maigret n'était guère plus propre.

« Qu'est-ce que vous faisiez dans le puits ? » questionna-t-il.

Elle lui lança un regard aigu. Son sourire disparut. On sentit que, d'un seul coup, elle reprenait possession de tout son sang-froid.

« Répondez...

— Je... J'y ai été transportée de force...

— Par Michonnet ?...

— Ce n'est pas vrai, hurla celui-ci.

— C'est vrai... Il a voulu m'étrangler... Je crois qu'il est fou...

— Elle ment !... C'est elle qui est folle !... Ou plutôt c'est elle qui...

— Qui quoi ?...

— Je ne sais pas ! Qui... C'est une vipère dont il faut écraser la tête contre une pierre... »

Le jour s'était levé insensiblement. Dans tous les arbres, des oiseaux piaillaient.

« Pourquoi vous étiez-vous armée d'un revolver ?...

— Parce que je craignais un piège...

— Quel piège ?... Un instant !... Procédons avec ordre... Vous venez de dire que vous avez été assaillie et transportée dans le puits...

— Elle ment ! répéta convulsivement l'assureur.

— Montrez-moi donc, poursuivit Maigret, l'endroit où a eu lieu cette attaque... »

Elle regarda autour d'elle, désigna le perron.

« C'est là ? Et vous n'avez pas crié ?...

— Je n'ai pas pu...

— Et ce petit bonhomme maigrichon a été capable de vous porter jusqu'au puits, autrement dit de parcourir deux cents mètres avec une charge de cinquante-cinq kilos ?...

— C'est vrai...

— Elle ment !...

— Faites-le taire ! dit-elle avec lassitude. Vous ne voyez pas qu'il est fou ?... Et cela ne date pas d'aujourd'hui... »

Il fallut calmer Michonnet, qui allait se précipiter à nouveau vers elle.

Ils étaient un petit groupe dans le jardin : Maigret, Lucas, deux inspecteurs, regardant l'agent d'assurances au visage tuméfié et Else qui, tout en parlant, essayait de mettre de l'ordre dans sa toilette.

Il eût été difficile de déterminer pourquoi l'on ne parvenait pas à atteindre au tragique, ni même au drame. Cela sentait plutôt la bouffonnerie.

Sans nul doute cette aube indécise y était-elle pour quelque chose ? Et aussi la fatigue de chacun, la faim même ?

Ce fut pis quand on vit une bonne femme marcher en hésitant sur la route, montrer sa tête derrière les barreaux de la grille, ouvrir enfin celle-ci et s'écrier en regardant Michonnet :

« Émile !... »

C'était Mme Michonnet, plus abrutie que désemparée, Mme Michonnet qui tira un mouchoir de sa poche et fondit en larmes.

« Encore avec cette femme !... »

Elle avait l'air d'une bonne grosse mère ballottée par les événements et se réfugiant dans l'amertume lénifiante des pleurs.

Maigret nota, amusé, la netteté dont s'imprégnait le visage d'Else, qui regardait tour à tour chacun autour d'elle. Un visage joli, très fin, tout tendu, tout pointu soudain.

« Qu'alliez-vous faire dans le puits ?... » questionna-t-il, bon enfant, avec l'air de dire :

« Fini, hein ! Entre nous, ce n'est plus la peine de jouer la comédie. »

Elle comprit. Ses lèvres s'étirèrent dans un sourire ironique.

« Je crois que nous sommes faits comme des rats ! concéda-t-elle. Seulement j'ai faim, j'ai soif, j'ai froid, et je voudrais quand même faire un bout de toilette... Après, on verra... »

Ce n'était pas de la comédie. C'était au contraire d'une netteté admirable.

Elle était toute seule au milieu du groupe et elle ne se troublait pas, elle regardait d'un air amusé Mme Michonnet en larmes, le pitoyable Michonnet, puis elle se tournait vers Maigret et ses yeux disaient :

« Les pauvres ! Nous, nous sommes de la même classe, pas vrai ?... On causera tout à l'heure... Vous avez gagné!... Mais avouez que j'ai bien joué ma partie!... »

Pas d'effroi, pas de gêne non plus. Pas une ombre de cabotinage.

C'était la véritable Else qu'on découvrait enfin et qui savourait elle-même cette révélation.

« Venez avec moi! dit Maigret. Toi, Lucas, occupe-toi de l'autre... Quant à la femme, qu'elle retourne chez elle, ou qu'elle reste ici... »

« Entrez! vous ne me gênez pas!... »

C'était la même chambre, là-haut, avec le divan noir, le parfum obstiné, la cachette derrière l'aquarelle. C'était la même femme.

« Carl est bien gardé, au moins? questionnat-elle avec un mouvement du menton vers la chambre du blessé. Parce qu'il serait encore plus forcené que Michonnet!... Vous pouvez fumer votre pipe... »

Elle versa de l'eau dans la cuvette, retira tranquillement sa robe, comme si c'eût été la chose la plus naturelle du monde et resta en combinaison, sans pudeur ni provocation.

Maigret pensait à sa première visite dans la maison des Trois Veuves, à Else énigmatique et distante comme une *vamp* de cinéma, à cette atmosphère trouble et énervante dont elle parvenait à s'entourer.

Était-elle assez jeune fille perverse quand elle parlait du château de ses parents, des nurses et des gouvernantes, du rigorisme de son père?

C'était fini! Un geste était plus éloquent que tous les mots : cette façon d'enlever sa robe, de se regarder maintenant dans la glace avant de se passer de l'eau sur le visage.

C'était la fille, simple et vulgaire, saine et rouée.

« Avouez que vous avez marché!

— Pas longtemps!... »

Elle s'essuya le visage du coin d'une serviette éponge.

« Vous vous vantez... Hier encore, quand vous étiez ici et que je vous laissais apercevoir un sein, vous aviez la gorge sèche, le front moite, en bon gros que vous êtes... Maintenant, bien sûr, ça ne vous fait plus rien... Et pourtant, je ne suis pas moche... »

Elle cambrait les reins, prenait plaisir à regarder son corps souple, à peine voilé.

« Entre nous, qu'est-ce qui vous a mis la puce à l'oreille? J'ai commis une faute?

— Plusieurs...

— Lesquelles?

— Celle, par exemple, de parler un peu trop de château et de parc... Quand on habite vraiment un château, on dit plutôt la maison, ou la propriété... »

Elle avait tiré le rideau d'une penderie et elle regardait ses robes en hésitant.

« Vous allez m'emmener à Paris, naturelle-
ment!... Et il y aura des photographes!... Que
pensez-vous de cette robe verte?... »

Elle la tint devant elle pour juger de l'effet.

« Non!... C'est encore le noir qui me va le
mieux... Voulez-vous me donner du feu?... »

Elle rit, car, malgré tout, Maigret, surtout
quand elle s'approcha de lui pour allumer sa
cigarette, était un peu troublé par ce qu'elle
parvenait à mettre de sourd érotisme dans
l'atmosphère.

« Allons! je m'habille... C'est rigolo, pas
vrai?... »

Même les mots d'argot prenaient une saveur
particulière dans sa bouche, grâce à son accent.

« Depuis quand êtes-vous la maîtresse de
Carl Andersen?

— Je ne suis pas sa maîtresse. Je suis sa
femme... »

Elle passa un crayon sur ses cils, aviva le rose
de ses joues.

« Vous vous êtes mariés au Danemark?

— Vous voyez que vous ne savez encore
rien!... Et ne comptez pas sur moi pour parler.
Ce ne serait pas de jeu... D'ailleurs, vous ne me
tiendrez pas longtemps... Combien de temps
après l'arrestation passe-t-on à l'anthropomé-
trie?...

— Vous y passerez tout à l'heure.

— Tant pis pour vous!... Car on s'apercevra
que je m'appelle de mon vrai nom Bertha Krull

et que, depuis un peu plus de trois ans, il y a un mandat d'arrêt lancé contre moi par la police de Copenhague... Le gouvernement danois demandera l'extradition... Voilà! je suis prête... Maintenant, si vous permettez que j'aille manger un morceau... Vous ne trouvez pas que cela sent le renfermé, ici?... »

Elle marcha vers la fenêtre qu'elle ouvrit. Puis elle revint à la porte. Maigret franchit celle-ci le premier. Alors, brusquement, elle referma l'huis, tira le verrou et l'on entendit des pas précipités dans la direction de la fenêtre.

Maigret eût été moins lourd de dix kilos qu'elle se fût sans doute enfuie. Il ne perdit pas un quart de seconde. Le verrou était à peine tiré qu'il fonçait de toute sa masse sur le panneau.

Et celui-ci céda du premier coup. La porte s'abattit, gonds et serrures arrachés.

Else était à cheval sur l'appui de fenêtre. Elle hésita.

« Trop tard! » dit-il.

Elle fit demi-tour, la poitrine un peu haletante, des moiteurs au front.

« C'était bien la peine de faire une toilette raffinée! ironisa-t-elle en montrant sa robe déchirée.

— Vous me donnez votre parole de ne plus chercher à fuir?

— Non!

— Dans ce cas, je vous préviens que je tire au moindre mouvement suspect... »

Et désormais il garda son revolver à la main.

En passant devant la porte de Carl, elle questionna :

« Vous croyez qu'il s'en tirera?... Il a deux balles dans la peau, n'est-ce pas? »

Il l'observa et, à cet instant, il eût été bien en peine de porter un jugement sur elle. Il crut pourtant discerner sur son visage et dans sa voix un mélange de pitié et de rancune.

« C'est sa faute aussi! conclut-elle comme pour mettre sa conscience en paix. Pourvu qu'il reste quelque chose à manger dans la maison... »

Maigret la suivit dans la cuisine où elle fouilla les placards et où elle finit par mettre la main sur une boîte de langouste.

« Vous ne voulez pas me l'ouvrir?... Vous pouvez y aller... Je promets de ne pas en profiter pour filer... »

Il régnait entre eux une drôle de cordialité que Maigret n'était pas sans apprécier. Il y avait même quelque chose d'intime dans leurs rapports, avec un rien d'arrière-pensée.

Else s'amusait avec ce gros homme placide qui l'avait vaincue, mais qu'elle avait conscience d'épater par son cran. Quant à lui, il savourait peut-être un peu trop cette promiscuité tellement en dehors de la norme.

« Voilà... Mangez vite...

— On part déjà?

— Je n'en sais rien.

— Au fond, entre nous, qu'est-ce que vous avez découvert?

— Peu importe...

— Vous emmenez cet imbécile de Michonnet aussi?... C'est encore lui qui m'a fait le plus peur... Tout à l'heure, dans le puits, j'ai bien cru que j'allais y passer... Il avait les yeux hors de la tête... Il serrait mon cou tant qu'il pouvait...

— Vous étiez sa maîtresse? »

Elle haussa les épaules, en fille pour qui pareil détail a vraiment peu d'importance.

« Et M. Oscar?... poursuivit-il.

— Eh bien, quoi?

— Encore un amant?

— Vous essaierez de découvrir tout ça vous-même... Moi, je sais exactement ce qui m'attend... J'ai cinq ans à purger au Danemark pour complicité de vol à main armée et rébellion... C'est là que j'ai attrapé cette balle... »

Elle désignait son sein droit.

« Pour le reste, ceux d'ici se débrouilleront!

— Où avez-vous fait la connaissance d'Isaac Goldberg?

— Je ne marche pas...

— Il faudra pourtant bien que vous parliez.

— Je serais curieuse de savoir comment vous comptez vous y prendre... »

Elle répondit tout en mangeant de la langouste sans pain, car il n'en restait plus dans la maison. On entendait dans le salon un agent qui faisait les cent pas, tout en surveillant Michonnet affalé dans un fauteuil.

Deux voitures stoppèrent en même temps devant la grille... Celle-ci fut ouverte et les autos entrèrent dans le parc, contournèrent la maison pour s'arrêter au pied du perron.

Dans la première il y avait un inspecteur, deux gendarmes, ainsi que M. Oscar et sa femme.

L'autre voiture était le taxi de Paris et un inspecteur y gardait un troisième personnage.

Les uns et les autres avaient les menottes aux poings, mais ils gardaient des visages sereins, hormis la femme du garagiste, qui avait les yeux rouges.

Maigret fit passer Else dans le salon, où Michonnet tenta une fois de plus de se précipiter vers elle.

On introduisit les prisonniers. M. Oscar avait à peu près la désinvolture d'un visiteur ordinaire, mais il fit la grimace en apercevant Else et l'assureur. L'autre, au type italien, voulut crâner.

« Mince de réunion de famille !... C'est pour une noce, ou pour l'ouverture d'un testament ?... »

L'inspecteur expliquait à Maigret :

« C'est une chance de les avoir sans casse... En passant à Étampes, nous avons embarqué deux gendarmes qui avaient été alertés et qui avaient vu passer la voiture sans pouvoir l'arrêter... A cinquante kilomètres d'Orléans, les fuyards ont crevé un pneu. Ils se sont arrêtés au milieu de la route et ont braqué sur nous leurs revolvers. C'est le garagiste qui s'est ravisé le premier... Sinon, c'était une bataille en règle.*!*.

« Nous nous sommes avancés... L'Italien a quand même tiré deux balles de browning, sans nous atteindre...

— Dites donc! Chez moi, je vous donnais à boire... Laissez-moi vous dire qu'il fait soif... » remarqua M. Oscar.

Maigret avait fait chercher le mécanicien prisonnier dans le garage. Il eut l'air de compter son monde.

« Allez tous vous coller au mur! commanda-t-il. De l'autre côté, Michonnet!... Pas la peine d'essayer de vous rapprocher d'Else... »

L'assureur lui lança un regard venimeux, alla se camper tout au bout de la file, avec ses moustaches tombantes et son œil qui enflait à la suite des coups de poing.

Venait ensuite le mécano dont les poignets restaient entravés avec du fil électrique. Puis la femme du garagiste, maigre et désolée. Puis le garagiste lui-même, qui était bien embêté de ne pouvoir mettre les mains dans les poches de son pantalon trop large. Enfin Else et l'Italien, qui devait être le joli cœur de la bande et qui avait une femme nue tatouée sur le dos de la main.

Maigret les regarda tour à tour, lentement, avec une petite moue satisfaite, bourra une pipe, se dirigea vers le perron et lança en ouvrant la porte vitrée :

« Prenez les nom, prénoms, profession et domicile de chacun, Lucas... Après, vous m'appellerez ! »

... Ils étaient debout tous les six. Lucas questionna en désignant Else :

« Faut-il lui mettre les menottes aussi ?

— Pourquoi pas ?... »

Alors, elle proféra avec conviction :

« Ça, c'est vache, commissaire !... »

Le parc était tout plein de soleil. Des milliers d'oiseaux chantaient. Le coq d'un petit clocher de village, à l'horizon, étincelait comme s'il eût été tout en or.

10

A LA RECHERCHE D'UNE TÊTE

QUAND Maigret rentra dans le salon, dont les deux portes-fenêtres ouvertes laissaient pénétrer des bouffées de printemps, Lucas achevait l'interrogatoire d'identité, dans une atmosphère qui n'était pas sans rappeler celle d'une chambrée de caserne.

Les prisonniers étaient - toujours alignés contre un mur, mais dans un ordre moins parfait. Et ils étaient au moins trois qui ne se laissaient nullement impressionner par la police : M. Oscar, son mécanicien Jojo et l'Italien Guido Ferrari.

M. Oscar dictait à Lucas :

« Profession : mécanicien-garagiste. Ajoutez : ex-boxeur professionnel, licence 1920. Champion de Paris poids mi-lourds en 1922... »

Des inspecteurs amenèrent deux nouvelles recrues. C'étaient des ouvriers du garage qui venaient d'arriver comme chaque matin pour prendre le travail. On les colla au mur avec les autres. L'un d'eux, qui avait une gueule de gorille, se contenta de questionner d'une voix traînante :

« Alors ? On est faits ?... »

Ils parlaient tous à la fois, comme dans une classe dont le professeur est absent. Ils se donnaient des coups de coude, lançaient des plaisanteries.

Il n'y avait guère que Michonnet à garder sa piteuse allure, à rentrer les épaules et à fixer hargneusement le plancher.

Quant à Else, elle regardait Maigret d'un air presque complice. Est-ce qu'ils ne s'étaient pas très bien compris tous les deux ? Quand M. Oscar risquait un mauvais calembour, elle souriait légèrement au commissaire.

D'elle-même, elle se mettait en quelque sorte dans une classe à part !

« Maintenant, un peu de silence ! » tonna Maigret.

Mais, au même instant, une petite conduite intérieure stoppait au pied du perron. Un homme en descendait, vêtu avec recherche, l'air affairé, une trousse de cuir sous le bras. Il monta vivement les marches, parut étonné de l'atmosphère dans laquelle il pénétrait soudain, regarda les hommes alignés.

« Le blessé ?...

— Veux-tu t'en occuper, Lucas ?... »

C'était un grand chirurgien de Paris, qui avait été appelé par Carl Andersen. Il s'éloigna, le front soucieux, précédé par le brigadier.

« T'as pigé la gueule du toubib? »

Il n'y avait qu'Else à avoir froncé les sourcils. Le bleu de ses yeux s'était un peu délavé.

« J'ai réclamé le silence! articula Maigret. Vous plaisanterez ensuite... Ce que vous semblez oublier, c'est qu'il y en a un d'entre vous au moins qui a des chances d'y laisser sa tête... »

Et son regard alla lentement d'un bout de la file à l'autre. La phrase avait produit le résultat escompté.

Le soleil était le même, l'atmosphère printanière. Les oiseaux continuaient à piailler dans le parc et l'ombre du feuillage à frémir sur le gravier de l'allée.

Mais, dans le salon, on sentait que les lèvres étaient devenues plus sèches, que les regards perdaient leur assurance.

Michonnet, néanmoins, fut le seul à pousser un gémissement, tellement involontaire qu'il en fut le premier surpris et qu'il détourna la tête avec confusion.

« Je vois que vous avez compris! reprit Maigret en commençant à arpenter la pièce, les mains derrière le dos. Nous allons assayer de gagner du temps... Si nous n'y réussissons pas ici, l'on continuera la séance au quai des Orfèvres... Vous devez connaître le local, pas vrai?... Bon!... Premier crime : Isaac Goldberg est tué à bout portant... Qui est-ce qui a amené Goldberg au carrefour des Trois-Veuves?... »

Ils se turent, se regardèrent les uns les autres, sans aménité, tandis qu'on entendait, au-dessus des têtes, les pas du chirurgien.

« J'attends !... Je répète que la séance se poursuivra à la Tour Pointue... Là, on vous prendra un à un... Goldberg était à Anvers... Il avait quelque chose comme deux millions de diamants à laver... Qui est-ce qui a soulevé cette affaire ?...

— C'est moi, dit Else. Je l'avais connu à Copenhague. Je savais qu'il était spécialisé dans les bijoux volés. Quand j'ai lu le récit du cambriolage de Londres et que les journaux ont dit que les diamants devaient être à Anvers, je me suis doutée qu'il s'agissait de Goldberg. J'en ai parlé à Oscar...

— Ça commence bien , grogna celui-ci.

— Qui est-ce qui a écrit la lettre à Goldberg ?

— C'est elle...

— Continuons. Il arrive pendant la nuit... Qui est à ce moment au garage ?... Et surtout qui est chargé de tuer ?... »

Silence. Les pas de Lucas, dans l'escalier. Le brigadier s'adressa à un inspecteur.

« File à Arpajon chercher un médecin quelconque, pour assister le professeur... Rapporte de l'huile camphrée... Compris ?... »

Et Lucas retourna là-haut tandis que Maigret, les sourcils froncés, regardait son troupeau.

« Nous allons reprendre plus loin dans le

passé... Je crois que ce sera plus simple...
Depuis quand t'es-tu établi receleur, toi?... »

Il fixait M. Oscar, que cette question parut
moins embarrasser que les précédentes.

« Voilà! Vous y venez! Vous avouez vous-
même que je ne suis qu'un receleur... Et
encore! »

Il était cabotin en diable. Il regardait tour à
tour ses interlocuteurs et s'évertuait à amener
un sourire sur leurs lèvres.

« Ma femme et moi, nous sommes presque
des honnêtes gens. Hein! ma cocotte?... C'est
bien simple... J'étais boxeur... En 1925, j'ai
perdu mon titre et tout ce qu'on m'a offert,
c'est une place dans une baraque à la Foire du
Trône!... Très peu pour moi!... On avait des
bonnes fréquentations et des mauvaises... Entre
autres un type qui a été arrêté deux ans plus
tard mais qui, à ce moment-là, gagnait tout ce
qu'il voulait dans la carambouille...

« J'ai voulu en tâter aussi... Mais comme j'ai
été mécano dans mon jeune âge, j'ai cherché un
garage... Mon idée de derrière la tête était de
me faire confier des voitures, des pneus, du
matériel, de revendre tout ça en douce et de
filer en laissant la clef sur la porte... Je comptais
ramasser dans les quatre cent mille, quoi!...

« Seulement, je m'y prenais trop tard. Les
grandes maisons y regardaient à deux fois avant
de donner de la marchandise à crédit...

« On m'a amené une bagnole volée pour la

maquiller... Un gars que j'avais connu dans un bistrot de la Bastille... On n'imagine pas comme c'est facile!...

« Ça s'est dit à Paris... J'étais bien placé, rapport à ce que je n'avais guère de voisins... Il en est venu dix, vingt... Puis il en est arrivé une que je vois encore et qui était pleine d'argenterie volée dans une villa des environs de Bougival... On a caché tout ça... On s'est mis en rapport avec des brocanteurs d'Étampes, d'Orléans et même de plus loin...

« On a pris l'habitude... C'était le filon... »

Et, se tournant vers son mécano :

« Il a découvert le coup des pneus?

— Parbleu! soupira l'autre.

— Tu sais que t'es rigolo, avec ton fil électrique? On dirait que tu n'attends qu'une prise de courant pour te transformer en lampion!...

— Isaac Goldberg est arrivé dans sa voiture à lui, une Minerva... interrompit Maigret. On l'attendait, car il ne s'agissait pas de lui acheter les diamants, même à bas prix, mais de les lui voler... Et, pour les lui voler, il fallait le refroidir... Donc, il y avait du monde dans le garage, ou plutôt dans la maison qui est derrière... »

Silence absolu! C'était le point névralgique. Maigret regarda à nouveau les têtes une à une, aperçut deux gouttes de sueur sur le front de l'Italien.

« Le tueur, c'est toi, pas vrai?

— Non!... c'est... c'est...

— C'est qui?...

— C'est eux... C'est...

— Il ment! hurla M. Oscar.

— Qui était chargé de tuer? »

Alors le garagiste, en se dandinant :

« Le type qui est là-haut, tiens donc!...

— Répète!

— Le type qui est là-haut, tiens donc!... »

Mais la voix n'avait déjà plus autant de conviction.

« Approche, toi!... »

Maigret désignait Else, et il avait l'aisance d'un chef d'orchestre qui commande aux instruments les plus divers en sachant bien que l'ensemble n'en fera pas moins une harmonie parfaite.

« Tu es née à Copenhague?

— Si vous me tutoyez, on va croire que nous avons couché ensemble.

— Réponds...

— A Hambourg!

— Que faisait ton père?

— Docker...

— Il vit toujours? »

Elle eut un frémissement des pieds à la tête. Elle regarda ses compagnons avec une sorte de trouble orgueil.

« Il a été décapité à Düsseldorf...

— Ta mère?

— Elle se soûle...

— Que faisais-tu à Copenhague?...

— J'étais la maîtresse d'un matelot... Hans ! Un beau gars, que j'avais connu à Hambourg et qui m'a emmenée... Il faisait partie d'une bande... Un jour, on a décidé de cambrioler une banque... Tout était prévu... On devait gagner des millions en une nuit... Je faisais le guet... Mais il y a eu un traître, car, au moment où, à l'intérieur, les hommes commençaient à s'attaquer aux coffres-forts, la police nous a cernés...

« C'était la nuit... On ne voyait rien... Nous étions dispersés... Il y a eu des coups de feu, des cris, des poursuites... J'ai été touchée à la poitrine et je me suis mise à courir... Deux agents m'ont saisie... J'en ai mordu un... D'un coup de pied dans le ventre, j'ai forcé l'autre à me lâcher...

« Mais on courait toujours derrière moi... Alors j'ai vu le mur du parc... Je me suis hissée... Je suis littéralement tombée de l'autre côté et, quand je suis revenue à moi, il y avait un grand jeune homme très chic, un garçon de la haute, qui me regardait avec un ahurissement mêlé de pitié...

— Andersen ?

— Ce n'est pas son vrai nom... Il vous le dira si cela lui convient... Un nom plus connu... Des gens qui ont leurs entrées à la cour, qui vivent la moitié de l'année dans un des plus beaux châteaux du Danemark et l'autre moitié dans un grand hôtel particulier dont le parc est aussi grand que tout un quartier de la ville. »

On vit entrer un inspecteur qui accompagnait un petit homme apoplectique. C'était le médecin requis par le chirurgien, Il eut un haut-le-corps en découvrant cette assemblée étrange, et surtout en apercevant des menottes à presque toutes les mains. Mais on l'entraîna au premier étage.

« Ensuite... »

M. Oscar ricanait. Else lui lança un regard farouche, presque haineux.

« Ils ne peuvent pas comprendre... murmura-t-elle. Carl m'a cachée dans l'hôtel de ses parents et c'est lui-même qui m'a soignée, avec un ami qui étudiait la médecine... Il avait déjà perdu un œil dans un accident d'avion... Il portait un monocle noir... Je crois qu'il se considérait comme défiguré à jamais... Il était persuadé qu'aucune femme ne pourrait l'aimer, qu'il serait un objet de répulsion quand il lui faudrait retirer son verre noir et montrer sa paupière recousue, son œil artificiel...

— Il t'a aimée?...

— Ce n'est pas tout à fait cela... Je n'ai pas compris du premier coup... Et ceux-là — elle désignait ses complices — ne comprendront jamais... C'était une famille de protestants... La première idée de Carl, au début, a été de sauver une âme, comme il disait... Il me faisait de longs discours... Il me lisait des chapitres de la

Bible... En même temps, il avait peur de ses parents... Puis un jour, quand j'ai été à peu près rétablie, il m'a soudain embrassée sur la bouche, après quoi il s'est enfui... Je suis restée près d'une semaine sans le voir... Ou plutôt, par la lucarne de la chambre de domestique où j'étais cachée, je le voyais se promener des heures durant dans le jardin, tête basse, tout agité... »

M. Oscar se tapait carrément les cuisses de joie.

« C'est beau comme un roman! s'écria-t-il. Continue, ma poupée!...

— C'est tout... Quand il est revenu, il m'a dit qu'il voulait m'épouser, qu'il ne pouvait pas le faire dans son pays, que nous allions partir à l'étranger... Il prétendait qu'il avait enfin compris la vie, que désormais il aurait un but au lieu de rester un être inutile... Et tout, quoi!... »

L'accent redevenait peuple.

« Nous nous sommes mariés en Hollande sous le nom d'Andersen... Ça m'amusait... Je crois même que j'y coupais aussi... Il me racontait des choses épatantes... Il me forçait à m'habiller comme ceci, comme cela, à bien me tenir à table, à perdre mon accent... Il me faisait lire des livres... Nous visitions des musées...

— Dis donc, ma cocotte! lança le garagiste à sa femme, quand nous aurons fait notre temps de *dur*, on visitera les musées aussi, pas vrai?...

Et on se pâmera tous les deux, la main dans la main, devant la Joconde.

— Nous nous sommes installés ici, poursuivit Else avec volubilité, parce que Carl craignait toujours de rencontrer un de mes anciens complices... Il devait travailler pour vivre, puisqu'il avait renoncé à la fortune de ses parents... Pour mieux dépister les gens, il me faisait passer pour sa sœur... Mais il restait inquiet... Chaque fois qu'on sonnait à la grille, il sursautait... car Hans est parvenu à s'échapper de prison et l'on ne sait pas ce qu'il est devenu... Carl m'aime, c'est sûr...

— Et pourtant... » dit rêveusement Maigret.

Alors, agressive, elle poursuivit :

« Je voudrais bien vous y voir !... La solitude, tout le temps... Et rien que des conversations sur la bonté, sur la beauté, sur le rachat d'une âme, sur l'élévation vers le Seigneur, sur les destinées de l'homme... Et des leçons de maintien !... Et, quand il partait, il m'enfermait sous prétexte qu'il craignait pour moi la tentation... En réalité, il était jaloux comme un tigre... Et passionné donc !...

— Après ça, si l'on prétend que je n'ai pas le coup d'œil américain !... fit Oscar.

— Qu'est-ce que vous avez fait ? lui demanda Maigret.

— Je l'ai repéré, tiens donc !... C'était facile !... J'ai bien senti que tous ses airs étaient des faux airs... Un moment, je me suis même

demandé si le Danois n'en était pas, lui aussi...
Mais je me suis méfié de lui... J'ai préféré
tourner autour de la poule. T'agite pas,
bobonne!... Tu sais bien qu'au fond c'est
toujours à toi que je suis revenu... Tout ça,
c'étaient les affaires!... J'ai rôdé autour de la
bicoque, quand *N'a-qu'un-œil* n'était pas là...
Un jour, on a engagé la conversation, par la
fenêtre, car la donzelle était bouclée... Elle a
tout de suite vu de quoi il retournait... Je lui ai
lancé une boulette de cire pour prendre les
empreintes de sa serrure... Le mois d'après, on
se retrouvait au fond du parc et on parlait
boutique... C'est pas sorcier... Elle en avait
marre de son aristo... Son cœur tirait après le
milieu, quoi!...

— Et depuis lors, dit lentement Maigret,
vous avez pris l'habitude, Else, de verser chaque
soir du véronal dans la soupe de Carl Andersen?

— Oui...

— Et vous alliez rejoindre Oscar? »

La femme du garagiste, les yeux rouges,
retenait ses sanglots.

« Ils m'ont trompée, commissaire!... Au
début, mon mari prétendait que ce n'était
qu'une copine, que c'était une bonne action de la
sortir de son trou... Alors, il nous emmenait
toutes les deux, la nuit, à Paris... On faisait la
bombe avec les amis... Moi, je n'y voyais que
du feu, jusqu'au jour où je les ai surpris...

— Et puis après?... Un homme, ce n'est pas un moine... Elle dépérissait, la pauvre... »

Else se taisait. Le regard trouble, elle semblait mal à l'aise.

Soudain Lucas descendit une fois de plus.

« Il n'y a pas d'alcool à brûler dans la maison?...

— Pour quoi faire?

— Désinfecter les instruments... »

Ce fut elle qui se précipita vers la cuisine, bouscula des bouteilles.

« Voilà! dit-elle. Est-ce qu'ils vont le sauver?... Est-ce qu'il souffre?...

— Saloperie!... » gronda entre ses dents Michonnet, qui était prostré depuis le début de cet entretien.

Maigret le regarda dans les yeux, s'adressa au garagiste.

« Et celui-là?

— Vous n'avez pas encore compris?...

— A peu près... Le carrefour comporte trois maisons... Il y avait toutes les nuits de drôles d'allées et venues... C'étaient les camions de légumes qui, en revenant à vide de Paris, ramenaient les marchandises volées... De la maison des Trois Veuves, il n'y avait pas à s'inquiéter... Mais il restait la villa.

— Sans compter qu'on manquait d'un homme respectable pour revendre certains trucs en province...

— C'est Else qui a été chargée d'*avoir* Michonnet?

— Ce ne serait pas la peine d'être jolie fille!... Il s'est emballé... Elle nous l'a amené une nuit et on l'a *fait* au champagne! On l'a conduit une autre fois à Paris et ça a été une de nos plus belles bombes, tandis que sa femme le croyait en tournée d'inspection... Il était cuit!... On lui a mis le marché en main... Le plus rigolo, c'est qu'il a cru que c'était arrivé et qu'il est devenu jaloux comme un collégien. C'est pas marrant?... Avec sa gueule d'encaisseur de chez Dufayel!... »

On entendit un bruit indéfinissable, là-haut, et Maigret vit Else qui devenait toute blanche et qui se désintéressait désormais de l'interrogatoire pour tendre l'oreille.

La voix du chirurgien se fit entendre.

« Tenez-le... »

Et il y avait deux moineaux sautillant sur le gravier blanc de l'allée.

Maigret, tout en bourrant sa pipe, fit une fois de plus le tour des prisonniers.

« Il ne reste qu'à savoir qui a tué... Silence!

— Moi, pour recel, je ne risque que... »

Le commissaire fit taire le garagiste d'une bourrade impatiente.

« Else apprend par les journaux que des bijoux volés à Londres et qui valent deux millions doivent être en la possession d'Isaac Goldberg, qu'elle a connu alors qu'elle faisait

partie de la bande de Copenhague... Elle lui
écrit pour lui donner rendez-vous au garage et
lui promettre de racheter les diamants un bon
prix... Goldberg, qui se souvient d'elle, ne se
méfie pas, arrive dans sa voiture...

« On boit le champagne, dans la maison... On
a fait appel à tous les renforts... Autrement dit,
vous êtes tous là... La difficulté, c'est de se
débarrasser du cadavre, une fois l'assassinat
commis...

« Michonnet doit être nerveux, car c'est la
première fois qu'il entre en contact avec un vrai
drame... Mais sans doute lui versa-t-on à boire
plus qu'aux autres...

« Oscar doit être d'avis d'aller jeter le cadavre
dans un fossé, à bonne distance...

« C'est Else qui a une idée... Silence!... Elle
en a assez de vivre enfermée le jour et de devoir
se cacher la nuit... Elle en a assez des discours
sur la vertu, sur la bonté et sur la beauté! Elle
en a assez aussi d'une vie médiocre, de compter
les sous un à un...

« Elle en est arrivée à haïr Carl Andersen.
Mais elle sait qu'il l'aime assez pour la tuer
plutôt que de la perdre...

« Elle boit!... Elle crâne!... Elle a une idée
étourdissante... C'est de mettre ce crime sur le
compte de Carl lui-même!... Sur le compte de
Carl qui ne la soupçonnera même pas, tant son
amour l'aveugle...

« Est-ce vrai, Else?... »

Pour la première fois, elle détourna la tête.

« La Minerva, maquillée, sera emmenée loin de la région, revendue ou abandonnée... Il faut empêcher tous les vrais coupables d'être soupçonnés... Michonnet, surtout, a peur... Alors, on décide de prendre sa voiture, ce qui est bien le meilleur moyen de le blanchir... C'est lui qui portera plainte le premier, qui fera du bruit autour de sa six cylindres disparue... Mais il faut aussi que la police aille chercher le cadavre chez Carl... Et voilà l'idée de la substitution d'autos qui naît...

« Le cadavre est installé au volant de la six cylindres. Andersen, drogué, dort profondément, comme tous les soirs. On conduit l'auto dans son garage. On amène la petite 5 CV dans celui des Michonnet...

« La police ne s'y retrouvera pas!... Et il y a mieux!... Dans le pays, Carl Andersen, trop distant, passe pour un demi-fou... Les paysans se laissent effrayer par son monocle noir...

« On l'accusera!... Et tout est assez bizarre dans cette affaire pour s'harmoniser avec sa réputation, avec sa silhouette!... D'ailleurs, prisonnier, ne se tuera-t-il pas pour éviter le scandale qui pourrait rejaillir sur sa famille si l'on découvrait sa véritable identité?... »

Le petit docteur d'Arpajon passa la tête par l'entrebâillement de la porte.

« Encore un homme... Pour le tenir... On n'a pas pu l'endormir... »

11

ELSE

C'ÉTAIT Else qui s'était jetée sur lui, qui sanglotait convulsivement, qui bégayait d'une voix plaintive :

« Je ne veux pas qu'il meure!... Dites!... Je... C'est affreux... »

Et c'était si saisissant, on la sentait si sincère que les autres, les hommes à face patibulaire rangés contre le mur, n'eurent pas un ricanement, pas un sourire.

« Laissez-moi aller là-haut!... Je vous en supplie... Vous ne pouvez pas comprendre... »

Mais non! Maigret l'écartait. Elle allait s'écrouler sur ce divan sombre où il l'avait vue pour la première fois, énigmatique dans sa robe de velours noir à col montant.

« Je termine!... Michonnet a joué son rôle à merveille... Il l'a joué d'autant plus aisément qu'il s'agissait de passer pour un petit bourgeois ridicule qui, dans un drame sanglant, ne pense qu'à sa six cylindres... L'enquête commence...

Carl Andersen est arrêté... Le hasard fait qu'il ne se suicide pas et même qu'il est relâché...

« Pas un instant, il n'a soupçonné sa femme... Il ne la soupçonnera jamais... Il la défendrait même contre l'évidence...

« Mais voilà Mme Goldberg qui est annoncée, qui arrive, qui sait peut-être qui a attiré son mari dans ce piège et qui va parler...

« Le même homme qui a tué le diamantaire la guette... »

Il les regarda un à un, pressa désormais le débit, comme s'il eût eu hâte d'en finir.

« L'assassin a mis les souliers de Carl qu'on retrouvera ici couverts de la boue du champ... C'est vouloir trop prouver !... Et pourtant, il faut que le Danois soit reconnu coupable, faute de quoi les vrais assassins ne tarderont pas à être démasqués... L'affolement règne...

« Andersen doit aller à Paris, car il manque d'argent. Le même homme toujours, qui a commis les deux premiers crimes, l'attend sur la route, joue le rôle de policier, monte dans la voiture à son côté...

« Ce n'est pas Else qui a imaginé ça... Je crois plutôt que c'est Oscar...

« Parle-t-on à Andersen de le reconduire à la frontière, ou de le confronter avec quelqu'un dans quelque ville du Nord ?...

« On lui fait traverser Paris. La route de Compiègne est bordée de bois touffus... L'assassin tire, à bout portant une fois encore...

Sans doute entend-il une autre voiture derrière lui... Il se presse... Il lance le corps dans le fossé... Il s'occupera au retour de le cacher plus soigneusement...

« Ce qu'il faut au plus vite, c'est détourner les soupçons... C'est fait... L'auto d'Andersen est abandonnée à quelques centaines de mètres de la frontière belge...

« Conclusion fatale de la police :

« — Il a passé à l'étranger ! Donc il est coupable...

« L'assassin revient avec une autre voiture... La victime n'est plus dans le fossé... Les traces laissent supposer qu'elle n'est pas morte...

« C'est par téléphone que l'homme chargé de tuer en avise M. Oscar, de Paris... Il ne veut rien entendre pour revenir dans un pays pourri de flics...

« L'amour de Carl pour sa femme est passé à l'état de légende... S'il vit, il reviendra. S'il revient, il parlera peut-être...

« Il faut en finir... Le sang-froid manque... M. Oscar ne se soucie pas de travailler lui-même...

« N'est-ce pas le moment de se servir de Michonnet ?... De Michonnet qui a tout sacrifié à son amour pour Else et à qui l'on fera faire le dernier saut ?...

« Le plan est soigneusement étudié. M. Oscar et sa femme s'en vont à Paris, ostensible-

ment, en annonçant leurs moindres déplace-
ments...

« M. Michonnet me fait venir chez lui et se
montre immobilisé par la goutte dans son
fauteuil...

« Sans doute a-t-il lu des romans policiers...
Il apporte en cette affaire les mêmes ruses que
dans ses affaires d'assurances...

« A peine suis-je sorti qu'il est remplacé dans
le fauteuil par un manche à balai et par une
boule de chiffons... La mise en scène est
parfaite... Du dehors, l'illusion est complète...
Et Mme Michonnet, terrorisée, accepte de jouer
sa partie dans la comédie, feint, derrière le
rideau, de soigner le malade...

« Elle sait qu'il y a une femme dans l'affaire...
Elle est jalouse aussi... Mais elle veut sauver
son mari malgré tout, parce qu'elle garde l'espoir qu'il lui reviendra...

« Elle ne se trompe pas... Michonnet a senti
qu'on s'était joué de lui... Il ne sait plus s'il
aime Else ou s'il la hait, mais ce qu'il sait,
c'est qu'il la veut morte...

« Il connaît la maison, le parc, toutes les
issues... Peut-être n'ignore-t-il pas qu'Else a
l'habitude, le soir, de boire de la bière...

« Il empoisonne la bouteille, dans la cuisine...
Il guette dehors le retour de Carl...

« Il tire... Il est à bout... Il y a des agents
partout... Le voilà caché dans le puits qui est à
sec depuis longtemps.

« Il n'y a que quelques heures de cela... Et pendant ce temps, Mme Michonnet a dû jouer son rôle... Elle a reçu une consigne... S'il se passe quelque chose d'anormal autour du garage il faut qu'elle téléphone à Paris, à la Chope-Saint-Martin...

« Or, je suis au garage... Elle m'a vu entrer... Je tire des coups de revolver...

« La lampe éteinte avertit les autos complices de ne pas s'arrêter.

« Le téléphone fonctionne... M. Oscar, sa femme et Guido, qui les accompagne, sautent dans une voiture, passent en trombe, essayent à coups de revolver de me supprimer, moi qui suis vraisemblablement le seul à savoir quelque chose...

« Ils ont pris la route d'Étampes et d'Orléans. Pourquoi, alors qu'ils auraient pu fuir par une autre route, dans une direction différente?...

« Parce que, sur cette rouge, roule à ce moment un camion à qui le mécano a remis une roue de rechange... *Et cette roue contient les diamants!*...

« Il faut rejoindre le camion et alors seulement, les poches garnies, gagner la frontière...

« Est-ce tout?... Je ne vous demande rien!... Silence!... Michonnet est dans son puits... Else, qui connaît les lieux, se doute que c'est là qu'il est caché... Elle sait que c'est lui qui a tenté de l'empoisonner... Elle ne se fait pas d'illusions sur le bonhomme... Arrêté, il parlera... Alors, elle se met en tête d'aller en finir avec lui...

« A-t-elle fait un faux mouvement?... Toujours est-il que la voilà dans le puits avec lui... Elle tient un revolver à la main... Mais il lui a sauté à la gorge... Il lui étreint le poignet de l'autre main... Le combat se poursuit dans l'obscurité... Une balle part... Else crie, malgré elle, parce qu'elle a peur de mourir... »

Il frotta un tison pour allumer sa pipe qui s'était éteinte.

« Qu'est-ce que vous en dites, monsieur Oscar? »

Et celui-ci, renfrogné :

« Je me défendrai... Je ne dis rien... Ou plutôt je prétends que je ne suis qu'un receleur...

— Ce n'est pas vrai! glapit son voisin, Guido Ferrari.

— Très bien!... Je t'attendais, toi, mon petit... Car c'est toi qui as tiré!... Les trois fois! D'abord sur Goldberg... Ensuite sur sa femme... Enfin, dans l'auto, sur Carl... Mais si!... Tu as tout du tueur professionnel...

— C'est faux!...

— Doucement...

— C'est faux!... C'est faux!... Je ne veux pas...

— Tu défends ta tête, mais Carl Andersen, tout à l'heure, te reconnaîtra... Et les autres te laisseront tomber... Ils ne risquent que le bagne, eux !... »

Alors Guido se redressa, fielleux, montra M. Oscar du doigt.

« C'est lui qui a commandé !...

— Parbleu ! »

Maigret n'avait pas eu le temps d'intervenir, que le garagiste assenait ses deux poings réunis par les menottes sur le crâne de l'Italien en hurlant :

« Crapule !... Tu me le paieras... »

Ils durent perdre l'équilibre, car ils roulèrent à terre tous les deux et continuèrent à s'agiter, haineux, embarrassés dans leurs mouvements.

C'est l'instant que le chirurgien choisit pour descendre.

Il était ganté, chapeauté de gris clair.

« Pardon... On me dit que le commissaire est ici...

— C'est moi...

— C'est au sujet du blessé... Je crois qu'il est sauvé... Mais il faudrait autour de lui le calme absolu... J'avais proposé ma clinique... Il paraît que ce n'est pas possible... Dans une demi-heure au plus, il reviendra à lui et il serait désirable que... »

Un hurlement. L'Italien mordait à pleines dents dans le nez du garagiste et la femme de celui-ci se précipitait vers le commissaire.

« Vite !... Regardez !... »

On les sépara à coups de pied tandis que,

distant, une moue de dégoût aux lèvres, le chirurgien regagnait sa voiture, mettait le moteur en marche.

Michonnet pleurait silencieusement dans son coin, évitait de regarder autour de lui.

L'inspecteur Grandjean vint annoncer :

« Le panier à salade est arrivé... »

On les poussa dehors, l'un après l'autre. Ils ne ricanaient plus, ne songeaient plus à crâner. Au pied de la voiture cellulaire, il faillit y avoir une nouvelle bataille entre l'Italien et son voisin le plus proche, un des mécaniciens du garage.

« Voleurs !... Apaches !... criait l'Italien fou de peur. Je n'ai même pas touché le prix convenu... »

Else resta la dernière. Au moment où, à regret, elle allait franchir la porte vitrée s'ouvrant sur le perron ensoleillé, Maigret l'arrêta par deux mots :

« Eh bien ?... »

Elle se retourna vers lui, regarda le plafond au-dessus duquel Carl était étendu.

On n'eût pu dire si elle allait s'attendrir à nouveau, ou gronder des injures.

« Qu'est-ce que vous voulez ?... C'est sa faute aussi !... » articula-t-elle de sa voix la plus naturelle.

Un silence assez long. Maigret la fixait dans les yeux.

« Au fond... Non ! Je ne veux pas dire de mal de lui...

— Dites !...

— Vous le savez bien... C'est sa faute !...
C'est presque un maniaque... Ça l'a troublé de
savoir que mon père était un voleur, que je
faisais partie d'une bande... Ce n'est que pour
ça qu'il m'a aimée... Et, si j'étais devenue la
jeune femme sage qu'il voulait faire de moi, il
n'aurait pas tardé à trouver ça monotone et à
me plaquer... »

Elle détourna la tête, ajouta à voix plus basse,
comme honteusement :

« Je voudrais quand même qu'il ne lui arrive
rien de mal... C'est... comment dire ?... C'est un
chic type !... Un peu tapé !... »

Et elle acheva dans un sourire :

« Je suppose que je vous reverrai...

— C'est bien Guido qui a tué, n'est-ce
pas ?... »

La phrase était de trop. Elle reprit son allure
de fille.

« Je ne mange pas de ce pain-là !... »

Maigret la suivit des yeux jusqu'au moment
où elle monta dans la voiture cellulaire. Il la vit
regarder la maison des Trois Veuves, hausser
les épaules, lancer une plaisanterie au gendarme
qui la bousculait.

« Ce qu'on pourrait appeler l'affaire des trois
fautes ! dit Maigret à Lucas planté à côté de lui.

— Lesquelles ?

— Faute d'Else d'abord, qui redresse le
paysage de neige, fume au rez-de-chaussée,

monte le phonographe dans sa chambre *où elle est soi-disant enfermée* et qui, se sentant en danger, accuse Carl en feignant de le défendre;

« Faute de l'assureur, qui me fait venir chez lui pour me montrer qu'il passera la nuit à sa fenêtre;

« Faute du mécanicien Jojo qui, m'apercevant soudain et craignant que tout ne soit découvert, remet à un automobiliste une roue de rechange *trop petite* qui contient les diamants.

« Sans ça...

— Sans ça?

— Eh bien, quand une femme comme Else ment avec une perfection telle qu'elle finit par croire à ce qu'elle raconte...

— Je vous l'avais dit!

— Oui!... Elle aurait pu devenir quelque chose d'extraordinaire... S'il n'y avait pas eu ces retours de flamme... comme des rappels du bas-fond... »

Carl Andersen resta près d'un mois entre la vie et la mort et sa famille, avisée, en profita pour le faire ramener dans son pays où on l'installa dans une maison de repos qui ressemblait fort à un asile d'aliénés. Si bien qu'il ne parut pas au banc des témoins lors du procès qui se déroula à Paris.

Contre toute attente, l'extradition d'Else fut refusée et elle eut d'abord une peine de trois ans à purger en France, à Saint-Lazare.

C'est là qu'au parloir Maigret rencontra, trois mois plus tard, Andersen qui discutait avec le directeur, exhibait son contrat de mariage et exigeait l'autorisation de voir la condamnée.

Il n'avait guère changé. Il portait toujours un monocle noir et il n'y avait que son épaule droite à être devenue un peu plus raide.

Il se troubla en reconnaissant le commissaire, détourna la tête.

« Vos parents vous ont laissé repartir ?

— Ma mère est morte... J'ai hérité. »

C'était à lui la limousine, conduite par un chauffeur de grand style, qui stationnait à cinquante mètres de la prison.

« Et vous vous obstinez malgré tout ?...

— Je m'installe à Paris...

— Pour venir la voir ?

— C'est ma femme... »

Et son œil unique guettait le visage de Maigret avec l'angoisse d'y lire de l'ironie, ou de la pitié.

Le commissaire se contenta de lui serrer la main.

A la maison centrale de Melun, deux femmes arrivaient ensemble à la visite, comme des amies, inséparables.

« Ce n'est pas un mauvais bougre ! disait la femme d'Oscar. Il est même trop bon, trop généreux... Il donne des vingt francs de pourboire aux garçons de café... C'est ce qui l'a perdu... Ça et les femmes!...

— M. Michonnet, avant de connaître cette créature, n'aurait pas fait tort d'un centime à un client... Mais il m'a juré la semaine dernière qu'il ne pensait même plus à elle. »

A la Grande Surveillance, Guido Ferrari passait son temps à attendre l'arrivée de l'avocat, porteur de sa grâce. Mais, un matin, ce furent cinq hommes qui l'emmenèrent, gigotant et hurlant.

Il refusa la cigarette et le verre de rhum, cracha dans la direction de l'aumônier.

TABLE

OUVRAGES DE GEORGES SIMENON

AUX PRESSES DE LA CITÉ (suite)

« TRIO »

AUX ÉDITIONS FAYARD

A LA N. R. F.

ÉDITION COLLECTIVE SOUS COUVERTURE VERTE

SÉRIE POURPRE

ACHEVÉ D'IMPRIMER LE
7 OCTOBRE 1976 SUR LES
PRESSES DE L'IMPRIMERIE
BUSSIÈRE, SAINT-AMAND (CHER)

PRESSES POCKET

8, RUE GARANCIÈRE, 75006 PARIS

— N° d'édit. 1139. — N° d'imp. 961. —
Dépôt légal : 4ᵉ trimestre 1976.
Imprimé en France